소설 성철

1

일러두기

- 정론화된 사실에 근거했으나 소설적 개연성을 얻기 위해 불가피하게 재구성했음을 밝힌다.
- 스님의 치열한 수행 과정을 서술함에 있어 최대한 객관성을 유지하려 했으나 필자의 주관적 감상도 작용했음을 밝힌다. 이때의 소설 형식은 완전히 정보화되고 인식된 재구성을 의미함과 동시에 어떤 선입견에 의한 것이 아닌 오로지 소설적 기술임을 밝힌다.
- 일일이 열거할 수 없을 정도로 수많은 문헌의 도움을 받았다. 대동소이한 문헌들이 대부분이었으나 불필 스님의 《영원에서 영원으로》, 김택근의 《성철 평전》, 원택 스님의 《성철스님 시봉이야기》 등을 많이 참고했다.
- 성철 스님이 직접 쓰신 글들은 그대로 실었다.
- 어쩔 수 없이 실명을 사용하지 않을 수 없었다. 그들의 명예를 실추시키기 위한 작업이 아님을 밝혀두면서 혜량을 바란다.

소설 성철

백금남 장편소설

1

마음
서재

문학청년이었을 때 "산은 산 물은 물"이라고 했던 성철性徹 스님의 등장은 충격 그 자체였다. 그때부터 그에게 관심이 생겼고 꼭 한번은 일대기를 쓰고 싶었으나 기회를 놓쳐버 렸다. 뒤늦게 정리하다 보니 스님에 관해 앞서 발표한 사람 들의 글들은 이미 그의 지난한 과정들을 자세하게 기술하 고 있었고 선사상禪思想도 잘 드러나 있었다.

지금 와서 내가 그의 일대기를 덧입힌다고 해서 뭐 하나 달라질 것은 없겠지만 그런데도 늘 아쉽다는 생각을 했다. 스님이 생전에 남기신 백일법문에도 잘 나와 있지만 엄격 한 수행을 통해 전생과 현생, 내생의 삼생관三生觀을 분명히 밝히고 있고 법어法語들도 예사롭지 않았다.

최근 들어 그의 게송을 다시 읽는데 다음과 같은 법구法句

4

가 내내 목에 걸렸다.

석가는 원래 큰 도적이요

달마는 작은 도적이다

서천西天에 속이고 동토東土에 기만하였네

도적이여 도적이여!

저 한없이 어리석은 남녀를 속이고

눈을 뜨고 당당하게 지옥으로 들어가네

한마디 말이 끊어지니 일천성의 소리가 사라지고

한칼을 휘두르니 만리에 송장이 즐비하다

(중략)

석가와 미타는 뜨거운 구리 쇳물을 마시고

가섭과 아난은 무쇠를 먹는다

몸을 날려 백옥 난간을 쳐부수고

손을 휘둘러 황금 줄을 끊어버린다

산이 우뚝우뚝 솟음이여 물은 느릿느릿 흐르며

잣나무 빽빽함이여 바람이 씽씽 분다

사나운 용이 힘차게 나니 푸른 바다가 넓고

사자가 고함지르니 조각달이 높이 솟았네

알겠느냐 1 2 3 4 5 6 7이여

두견새 우는 곳에 꽃이 어지럽게 흩어졌네

　　억!

　　게송을 다시 읽으면서 원고를 마무리해 세상에 내보낼 때가 되었다고 생각했다. 스님에 관해 쓴 글들을 본래 계획했던 대로 바로잡고 마무리하겠다고 작심한 것이다.

　　컸다. 깊었다. 한계가 없었다. 죄 많은 이 세상에서 지옥을 끌어안으려는 사내의 심장. 지혜의 불칼 취모리검吹毛利劍을 휘두르며 지옥으로 가는 모습을 눈에서 놓칠 수 없었다. 예수가 십자가에 못박힌 것도 인간들의 원죄를 대속하기 위해서이다. 지옥행을 원하는 대선승大禪僧의 당당함도 중생을 향한 자비이다.

　　진리가 말이 되면 거짓이 되고 거짓은 중생에게 진리가 된다. 거짓말쟁이가 되어 쇠산지옥으로 가 중생을 구하는 부처는 누가 구할 것인가. 삼세三世를 뛰어넘어 취모리검을 들고 지옥으로 들어갈 이 누구인가. 쇠산지옥의 부처를 구해올 이 그 누구인가.

　　중생에게는 이 세상이 지옥이다. 이 지옥을 천상으로 만들지 못한다면 어림없는 수작이다. 말이 된 진리가 취모리검에 베이지 않고는 어림없는 수작이다. 아무리 부처의 세

6

계를 설해도 중생은 부처를 모른다. 그렇다고 부처의 세계가 변했을 리 없다. 부처의 관점에서 보면 변한 것은 하나도 없다.

오늘도 취모리검은 저기서 울고 있다. 부정을 베어내기 위해, 어둠을 베어내기 위해, 지옥을 베어내기 위해 검이 운다.

그는 오늘도 묻는다.
"너희가 이 세상에 온 도리를 알겠느냐? 1 2 3 4 5 6 7이여."

백금남

2장 만행

1장

취모검

미물에 길을 묻다

1

영주는 노트를 덮었다. 스물한 살에 시작해 하루도 빠짐없이 지금까지 써온 것이었다.

'이영주 서적기'.

말이 좋지, 그렇게 이름 붙이고 그동안 셀 수 없을 정도로 많은 책을 읽었다. 우선 손에 꼽을 정도만 예를 들어도《행복론》《순수이성비판》《실천이성비판》《소학》《대학》《하이네 시집》기독교의《신구약성서》《자본론》《유물론》….

《순수이성비판》이란 책은 쌀 한 가마니를 주고 도쿄 유학생에게서 산 것이다. 그런데 소득이 별로 없었다. 생이 어디서 와 어디로 가는지 근본적인 대답을 시원하게 해주지 않았다. 그렇다고 망해가는 나라를 어떻게 일으켜 세울 것

13

인가, 하는 절실한 의문에 관한 대답도 주지 않았다. 그저 이렇게 저렇게 살아라 하며 삶의 언저리만 건드리는 것 같았다.

만석꾼인 아버지의 힘을 빌려 그동안 일본에 드나들었지만 뭐 뾰족한 대답이 있었던 것도 아니었다. 그때 영주는 까맣게 몰랐다. 그가 멸시하던 곳에서 하나의 해답을 얻게 될 줄은.

영주는 새벽에 목욕재계하고 절에 가신 어머니를 마중나오던 참이었다. 있을 수 없는 일이었다.

이 집안이 어떤 집안인가. 대주大主인 이상언은 영남 유림의 맥을 잇는 종장宗匠이었다. 경상남도 산청군 단성면 묵곡리에서 태어나 평생을 그곳에 살며 유가儒家를 이루었다. 자字는 사문士文, 관향貫鄕은 합천이었고 본시 성질이 곧은 사람이었다. 아호를 율은栗隱이라 지을 정도로 집 주위에 밤나무가 많았다. 밤나무는 유가의 표상이다. 그런데 언젠가부터 유가의 안주인이 불교에 미쳐 절에 다니는가 하면 맏아들 이영주도 불교에 미쳐가고 있었다.

본시 그런 아이가 아니었다. 머리가 비상하여 단성공립보통학교에 입학했을 때도 학교 공부에만 열중했다. 학교에 들어갈 때 이미 글을 다 깨친 상태였다. 보통학교는 경호강

너머에 있었다. 어린 영주는 스무 살 전후의 청년들인 동급생들에게 업혀 배를 타고 학교에 다녔다. 당시 서당 교육이 행해지다가 갑자기 신식 학문이 들어왔기 때문이었다.

영주는 책귀신이었다. 한번 책을 잡았다 하면 놓을 줄을 몰랐다. 《서유기》나 《삼국지》 정도는 보통학교를 다니며 한문으로 읽어치웠고 열 살이 못 된 나이에 사서삼경을 독파할 정도였다.

그는 부잣집 도련님답게 고집이 세고 욕심이 있었다. 가지고 싶은 건 기어이 손에 넣고 말았다.

영주는 몸이 약했다. 특히 위장이 약해 자주 탈이 났다. 온갖 약을 지어다 먹여도 차도가 없자 어머니 강상봉은 지리산 동쪽 기슭에 있는 절에 다니기 시작했다. 그가 보통학교를 졸업하고 진주중학교에 합격한 것은 1926년 봄이었다. 그런데 신체검사에서 떨어지고 말았다. 그는 신학문을 하지 못한다는 절망감 속에서 집에서 독학했다. 수많은 책을 읽어치웠다. 그러다 보니 엉뚱한 생각이 들었다.

사람이 걸어 다니지 않고 하늘로 날아다니면 어떻게 될까? 사람이 죽지 않고 영원토록 살 수 있다면 어떻게 될까?

혼자만의 상상이 즐거웠다. 그 상상을 실행에 옮기면 동네 어른들이 엉뚱한 녀석이라고 수군거렸다. 그럴 만도 했다. 때로 실 끝에 돌이나 쇠를 추처럼 매달아 그것을 쳐다보며 온정신을 집중하기도 했기 때문이다. 영주의 엉뚱함은 장성할 때까지 계속되었다.

2

날이 더웠다. 길에서 개 두 마리가 엉덩이를 맞대고 사랑을 나누고 있었다. 가겟집 늙은 여자가 구정물이 든 대야를 들고 나와 개들에게 덮어씌웠다.

"아이고 무시라. 아무리 개새끼들이라고 하지만 너무하데이. 볼상사나워서 못 보겠다. 저리 가서 붙어라."

개들은 구정물을 덮어쓰고도 떨어지지 않고 깨갱거렸다. 목탁을 치며 탁발을 하던 탁발승이 그 광경을 보고는 허허거리며 한마디했다.

"보살님, 거 너무 그러지 마세요. 개도 생명인데 길에서 사랑 좀 나누는 거 가지고서리…."

늙은 여자가 민망해하며 헤살헤살 웃었다.

"아이고 스님, 내리오셨능교."

"요즘 뜸하십니다?"

"그러잖아도 부처님 뵈러 간다민서도…. 스님, 잠깐만 기다리시이소."

16

늙은 여자가 부리나케 안으로 들어가더니 쌀을 한 됫박 담아서 나왔다.

"스님, 이거라도….."

스님이 바랑을 벗어 쌀을 받고는 합장을 했다.

"보살님, 성불하십시오."

늙은이의 허드렛말을 들으며 막 돌아서던 탁발승은 영주와 함께 걷고 있던 마산댁 강상봉을 발견하고 멈칫했다.

"아이고, 보살님."

마산댁이 스님을 알아보고는 당황하며 합장부터 했다.

"스님! 탁발 나오싯구먼요."

"마침 동안거도 지나고 해서…."

"얘 영주야, 인사드리거라. 개운사 원주元主로 계시는 스님이시다."

영주가 합장하고 허리를 굽혀 인사했다.

"아이고, 아드님이 아주 잘생기셨습니다."

스님이 영주의 위아래를 살피는데 가까이서 보고 있던 가겟집 늙은 여자가 끼어들었다.

"마산댁, 어디 갔다 오노?"

"아, 예. 양산에 일이 있어 다녀오는 길입니다."

"그래에? 바깥양반 아까부터 기다리는 거 같던데 어서

가봐라."

"예. 스님, 이곳까지 나오셨으니 집으로 가시지예. 드릴
것도 있고…."

"그래요?"

막상 스님이 따라나서자 영주는 의아해서 어머니를 쳐다
보았다. 집에 아버지가 계실 터인데 어쩌려고 그러시나 싶
었다. 지금쯤 유가의 내로라하는 대주들이 사랑방에 모여
있을지도 모르는데 큰일났다. 아버지는 스님이라고 하면
질색하는 사람이었다. 남명 조식 선생의 제전 제자임을 내
세우며 유림의 대주라고 자부하는 마당인데 스님이라니….

어쩌려고 그러느냐는 영주의 눈길에 마산댁이 눈치를 채
고는 괜찮다는 듯이 고개를 내저었다.

집으로 들어서자 영주의 아내 덕명이 부른 배를 안고 달려
나왔다. 그녀는 대문을 나서다가 스님을 보고는 멈칫했다.
시어머니와 함께 기도하러 갔던 절에 계시던 스님이었다.

"아니 어떻게 같이?"

"어서 스님 모시거라."

어머니가 아내에게 말했다. 영주는 그제야 스님을 쳐다
보았다.

"스님, 바랑 이리 주이소."

"괜찮네."

"아닙니더. 이리 주이소."

바랑을 집어 든 영주는 스님이 가겟집 늙은 여자에게서 받은 게 첫 시주였음을 알았다. 별 무게감이 느껴지지 않았기 때문이다.

아내가 밥을 하는 사이 어머니가 그동안 지어놓았던 법복 한 벌을 스님에게 내어놓았다.

"조실 스님에게 전해주이소. 지어놓고 절에 간다고 하면서도…."

"직접 전하시지 않구요."

"며늘아이가 산달이라 오늘내일합니더. 친정에 가서 몸을 풀라고 해도 가지 않겠다고 하니…. 영주야, 스님 가실 때 함께 가거라."

"예?"

어머니는 아내를 시켜 쌀 한 말을 미리 포대에 담아놓았던 것이다.

"스님 무거우실 테니 네가 메다드리고 오너라."

아랫사람 시켜도 될 일을 왜 쌀을 메고 그 먼 곳까지 갔다 오라고 하는지 도무지 알 수 없었다. 스님이 괜찮다고 하는데도 어머니는 고개를 내저었다.

쌀을 어깨에 메고 물레다리를 건널 때 스님이 말했다.

"보살님의 신심이 대단하니 아마 부처님이 도우실 것입니다."

그제야 며느리의 순산을 기원해 자신을 보낸 어머니의 심정을 알 것 같았다.

아까 사랑을 나누던 개들이 늙은 여자가 뿌린 구정물을 덮어쓴 채 쓰레기 더미 속에 코를 박고 있었다. 스님의 입에서 염불 소리가 흘러나왔다.

"나무관세음보살."

영주는 쌀이 무거워 어깨를 바꾸어 멨다. 눈치를 챈 스님이 한마디했다.

"이리 주고 돌아가게."

"아닙니더."

"올해 몇인가?"

"스무 살입니더."

"좋을 때구먼. 보살님에게 아들이 있다는 말은 들었는데…. 일본에 가 있었다면서?"

"예, 뭐…."

두 마리의 개가 그들 곁에서 신나게 뛰어놀고 있었다. 스님이 개들의 정다운 모습을 바라보다가 물었다.

"일본에 가서 무슨 공부를 했나?"

"뭐 이것저것. 그곳 문물이나 알아보려고…."

"여기와는 많이 다르지?"

"여기나 거기나 하고 갔는데 그렇긴 합디더. 책만 해도…."

"책에 관심이 많나 보군?"

"예, 뭐…."

"어릴 때부터 신동이라고 소문이 났더군. 방에 책이 산더미던데…?"

"이래저래 읽다 보이…. 일본서 나올 때도 책을 몇 권 사 왔심더."

스님이 고개를 주억거렸다. 그는 무슨 생각을 하는지 앞서 달려가고 있는 개들을 바라보다가 말을 이었다.

"저기 저 개들 말일세."

"예?"

"사람들은 미물이라 괄시하지만, 어느 날 한 스님이 조주趙州라는 선사에게 와서 물었다네."

무슨 말인가 하고 영주가 눈을 반짝였다.

"그 스님이 물었지. '개에게도 불성佛性이 있습니까, 없습니까?' 조주 선사는 대답했다네. '없다.' 스님이 의아해하며 다시 물었지. '아니 스님, 부처님은 있다고 하셨는데 어째서 스님께서는 없다고 하십니까?' 부처도 깨침을 얻은 분이고 조주 선사도 깨침을 얻은 분이다. 그렇다면 두 분의 대답이 똑같아야 할 텐데 한 분은 있다고 하고 한 분은 없다고 한다. 자네가 책을 많이 읽었다니까 하는 말인데 답을 알겠는가?"

영주는 이게 무슨 말인가 싶었다. 둘 다 부처의 경지에 이르렀는데 한 사람은 있다고 하고 한 사람은 없다고 한다?

스님은 더 말이 없었다.

조실 스님에게 법복을 직접 전하고 산속 절에서 내려오는데 자꾸 스님이 했던 질문이 영주의 머릿속에 맴돌았다.

'뭐라고? 한 사람은 불성이 있다고 했고 한 사람은 없다고 했다고?'

그러고 보니 생각이 났다. 재작년 이맘때던가. 누더기를 걸친 노승이 묵곡리에 나타났다. 그는 이 집 저 집 시주를 다니다가 마침 개울에서 목욕하고 돌아오는 영주와 물레다리에서 만났다. 물레다리는 겨우 한 사람 비껴갈 정도로 좁았다. 노승은 걸음을 멈추고 다가오는 영주를 물끄러미 쳐다보며 생각했다.

'어디를 봐도 나무랄 데 없는 사내군. 크고 금실금실한 눈에 세상에 대한 의문이 가득 찼어.'

"이 동네 사시는가?"

노승이 물었다.

"예."

"어느 집 자제인지 잘생기셨네."

영주가 빙긋 웃었다.

"별말씀을…."

고개를 끄덕이던 노승이 낡은 바랑을 벗어 경전 한 권을 꺼냈다.

"시주 받으러 나왔는데 내가 시주를 해야겠구먼."

영주는 무슨 말인가 하고 노승을 쳐다보았다. 이제 칠순이나 되었을까. 승복이 때에 절고 낡았으나 얼굴이 맑다.

노승이 바랑에서 꺼낸 경전을 영주에게 내밀었다.

"이 경 가져가서 읽어보게. 이상하게 아침에 넣어오고 싶더라니…."

"아닙니다."

유독 책에 관심이 많은 영주였지만 본능적으로 손을 내저었다.

"가서 읽어보기나 하게. 지금까지 읽은 책들과는 다를 터이니."

　노승은 그렇게 말하고 영주의 가슴에 경전을 던지듯 안기고는 지나가버렸다. 영주는 얼떨결에 책을 받아 쥐고 미련 없이 물레다리를 건너는 노승을 바라보았다.

　집으로 돌아온 영주는 책을 펼쳤다. 표지에 '증도가證道歌'라고 씌어 있었다. 무슨 책인가 하며 읽다 보니 닭 울음소리가 들렸다.

　'내가 이 책을 읽으면서 밤을 새웠나?'

　그런 생각이 들기가 무섭게 지금까지 읽은 책들과는 다를 것이라던 노승의 말이 떠올랐다. 사실이었다. 1,300년 전에 살았던 선승禪僧의 노래가 정말 예사롭지 않았다. 그동안 막막하고 캄캄했던 머릿속이 환하게 밝아오는 느낌이었다.

　그대는 보지 못하는가.
　배울 것도 없고 할 일도 없는 한가한 도인은
　망상을 버리지도 않고 진심을 구하지도 않네
　무명의 실제 성품이 그대로 부처님 성품이며
　환영 같은 허망한 육신이 그대로 법신이네
　법신의 실상을 깨닫고 나니 아무것도 없고
　모든 존재의 본원자성이 그대로 천진불이로다

君不見

絶學無爲閑道人 不除妄想不求眞

無明實性卽佛性 幻化空身卽法身

法身覺了無一物 本源自性天眞佛

책을 받을 때부터 불교 경전인 건 알고 있었지만 이런 세계
도 있구나 싶었다. 특히 "법신의 실상을 깨닫고 나니 아무것
도 없다"는 말이 가슴에 와닿았다. 그것이 어떤 세계인가 의
문이 일었다. 뒤를 잇는 "모든 존재의 본원자성이 그대로 천
진불"이라는 말 또한 예사롭지 않았다. 그렇지만 허무주의
적 성향이 짙다는 생각이 들어서 그 세계로 깊이 들어가보고
싶지는 않았다. 실상을 깨닫고 보니 아무것도 아니더라는 생
각이 들었다.

하지만 끈질기게 머릿속에서 물고 늘어지는 것이 하나
있었다. 불성이라면 깨달음의 씨앗을 말하는 것 같은데 오
늘 만난 원주 스님은 무어라고 했던가.

'미물인 개에게도 불성이 있다? 없다?'

다음 날 영주는 절에 올랐다. 원주 스님이 기다리고 있었
다는 듯이 책을 하나 내놓았다. 물레다리에서 마주쳤을 때

《증도가證道歌》를 주던 노승을 생각하며 받아 드니 《서장書狀》이란 책이었다. 책을 펼쳤는데 '구자무불성狗子無佛性' 화두가 있었다. 읽어보니 기가 막혀 말이 나오지 않았다.

'이게 뭐지? 구자무불성?'

먼저 화두의 주인공이 나왔다. 조주라는 사람이었다.

'조주라고?'

그는 어려서 출가, 남전보원南泉普願이라는 선사의 법을 받고 백발이 성성할 때까지 행각行脚 수행하다가 백이십 살에 입적했다고 기록되어 있다. 그가 남긴 구자무불성, 정전백수자庭前栢樹子 화두 외에 조주사문趙州四門 화두는 생사生死의 정곡을 찌르는 것으로 유명하다고 씌어 있었다.

그 화두의 수시垂示가 이랬다.

거울을 비춰보면 형상이 절로 드러난다. 명검名劍을 들었다면 때를 보아 죽이고 살려야 한다. 한漢이 가면 오랑캐가 오고 오랑캐가 오면 한이 간다. 죽음 아니면 삶이다. 자, 일러라! 그대는 어디에 서 있는가? 죽음 가운데 삶을 얻고 삶 가운데 죽음을 얻을 수 있겠는가? 만일 이 관문을 뚫지 못한다면 몸을 뒤엎을 곳 전신처轉身處를 찾지 못하리라. 자, 그곳이 어디인가?

참으로 기가 막히는 질문이었다. 도대체 그 전신처가 어디겠는가 싶었다. 삶과 죽음이 하나라면 생사가 없는 무한대의 생명을 어떻게 증득證得할 수 있을까? 깊은 의심이 일었다.

어떤 스님이 조주 선사에게 물었다고 한다.

"대체 그대는 누구십니까?"

"나는 조주가 아닌가."

"그럼 어떠한 것이 조주입니까?"

그러자 조주는 이렇게 대답한다.

"동문, 서문, 남문, 북문!"

그때부터 영주는 책을 멀리했다. 때로는 산에, 때로는 대나무 숲에 들어가서 책 내용을 되새겨보고 삶이란 무엇인가 곰곰이 생각에 잠기곤 했다. 하지만 그 의문은 끝내 풀리지 않았다.《서장》을 준 원주 스님을 찾아가볼까 했으나 어머니가 다니는 절이라 내키지 않았다.

도경이

영주가 불교에 미쳐 있는 사이 아내 덕명에게 애가 들어선 지도 벌써 아홉 달이 지났다. 불교 경전에 몰두하다 보니 산달이 언제인지 잊어버렸는데 아내의 진통이 시작되자 정신이 번쩍 들었다. 마침 어머니가 머슴에게 바지게를 지우고 오일장에 간 참이었다. 며칠 후면 출산할 며느리를 위해 미역을 사러 나간 것이었다. 그 많은 식구들이 들에 나갔고 집 안에는 사랑방의 아버지 이상언과 부엌을 지키는 계집아이 하나뿐이었다.

큰일났다 싶었다. 산통이 시작되기가 무섭게 양수가 쏟아지자 영주는 이리 뛰고 저리 뛰었지만 몸만 허둥거릴 뿐, 먼저 해야 할 일이 무엇인지 갈피를 잡지 못했다. 그럴 만도 했다. 책이나 끼고 살던 사내였던지라 아내가 처음으로 애를 낳는다니 신기하면서도 그저 남의 일로만 느껴졌다.

조산 할미가 와서 영주에게 물부터 끓이라고 했다. 아랫
것을 시켜 물을 끓이는데 고통에 찬 아내의 비명소리가 들
려왔다. 다리가 후들후들 떨렸다.

"조금 더, 조금만 더. 옳지, 잘한다….."

조산 할미의 고함 너머로 아내의 비명이 높아가고 아버
지 이상언은 뜰을 거닐며 안절부절못했다.

"아니, 어째 그래? 힘을 더 써보랑게!"

"….."

"오메, 난리나부렸네. 아니 산모가 맥을 놓으면 으떡한당
가. 새댁! 새댁!"

정신을 잃은 아내의 볼을 철썩철썩 때리는 소리가 들리
자 영주가 후다닥 부엌을 뛰쳐나갔다. 뒷짐을 진 이상언이
놀란 얼굴로 안방을 향해 돌아섰다.

영주가 문 앞에서 물었다.

"뭐 잘못됐습니꺼?"

"들어오게."

영주의 음성을 들은 조산 할미가 소리쳤다.

아내는 눈을 감은 채 누워 있었다. 미동도 없었다. 혹시
죽은 게 아닐까 싶어 등골이 서늘했다. 그때 가슴께 이불이

들썩거렸다. 그제야 조금 안심이 되어 가까이 다가갔다. 땀에 젖은 아내의 얼굴을 내려다보자 갑자기 코끝이 찡했다. 영주는 아내의 땀을 닦으며 이마를 덮은 머리카락들을 귀 뒤로 넘겨주었다. 그러고는 갈퀴처럼 변해버린 아내의 손을 잡았다.

'사내가 오죽 못났으면 그 곱던 손이….'

그런 생각이 들자 눈물이 울컥 쏟아졌다.

아내의 손을 자신의 볼에 갖다 대는데 그제야 정신이 돌아온 아내가 살며시 눈을 떴다. 아내는 슬픈 눈을 하고 힘없이 남편을 올려다보았다.

"내 아픕니더."

"괜찮다. 내가 옆에 안 있나. 걱정 마라."

"요래 아플 것 같았시믄…."

"괜찮다카이. 애를 낳을 때는 다 아프다 카더라."

아내가 희미하게 웃었다.

"애를 자주 낳아본 사람같이 말하네요?"

"정신을 바짝 차리라."

"내 말고 어데서 애 낳은 거 아닌교?"

"이 사람이 못하는 소리가 없네. 농담하는 거 보니 멀쩡하네."

"그라요. 지금은 또 살 만하요."

"그람 용을 한번 써봐라."

"당신 손이 참 따뜻합니더."

보고 있던 조산 할미가 혀를 찼다.

"잘헌다. 지금 그런 말 할 때여? 니미럴, 애 하나 받을라다 가 나가 지쳐부리겄네. 젖 묵던 힘을 다혀서 용을 써보랑게."

"손 놓지 마이소."

아내가 매달리듯 간절하게 영주에게 말했다.

"알았다. 옆에 있을 끼니까 힘을 내라고."

"잘못되믄 으짭니꺼?"

조산 할미가 다시 혀를 찼다.

"아니 시방 무신 소리들을 하고 있는 것이여? 주댕이에 올릴 힘 있으믄 아랫도리에 힘을 주랑게."

"아랫도리에 힘을 주라 칸다."

"아파서 미치부리겄구만. 그람 당신이 낳아라."

"환장하겄네. 글타고 참말로 내가 낳을 수도 없고."

"애 낳구 가만 안 놔둘 낍니더."

"알았다. 알았으니까 용이나 모질게 써봐라."

"증말 가만 안 놔둘 낍니더. 아이고메 내 죽는다."

진통을 못 이긴 아내가 으악 소리를 지르다 이를 악물었다. 용을 쓰는 얼굴이 금방이라도 터져버릴 것 같았다.

"오메, 오메, 나온당게. 나온당게."

힘을 주느라 영주의 손을 잡고 흔들던 아내는 그마저도 안 되자 영주의 머리카락을 잡았다. 영주는 머리카락을 잡힌 채 아프다는 소리도 하지 못하고 끙끙거렸다.

"그려, 그려, 나온당게. 조금만, 조금만 더."

"으아아아아아…."

아내가 힘을 주면서 영주의 머리를 마구 흔드는 바람에 영주는 이리저리 휘둘리다 비명을 지르고 말았다. 뒤이어 그는 "으아앙" 하는 아기 울음소리를 들었다.

아내의 다리 사이에서 빠져나온 핏덩이가 조산 할미의 손에 거꾸로 들려 울어대고 있었다. 탯줄을 자르고 핏덩이를 닦으면서 조산 할미가 실실 웃었다.

"남정네 머리카락을 한 움큼이나 뽑아부렀네이. 애 두 번만 낳다간 애 아비 대머리 되겄다."

전라도에서 산청으로 시집왔다는 조산 할미는 자꾸 웃었다. 이가 빠져 오므라진 입이 더 합죽해 보였다. 영주는 멍하니 조산 할미를 쳐다보았다.

"인제 클나부렀네."

"예?"

"서방 맛을 본 산모는 말이여, 다음부턴 서방이 있어야만 애를 낳는당게."

"예에?"

"그것도 꼭 서방 머리를 잡아야 애를 낳는당게."

"설마?"

"설마가 아니여, 이 사람아. 참으로 희한하당게. 그렇게 안 나오던 핏덩이가 남편이 돌아와 곁에 앉으믄 그제야 나온당게. 그것도 꼭 지 서방 머리카락을 다 모질어서야 애를 낳으니 무신 조홧속인지 몰러. 서방이 상투를 들이밀며 산모에게 잡으라 해야 애가 나오니 말이여. 그래가지고 대머리 된 사람 몇 봤당게."

영주는 머리가 헝클어진 채 방을 나왔다. 산발한 영주를 보고 부엌 앞에 서 있던 이상언이 놀라서 눈을 치떴다.

"와 그라노?"

"낳았습니다."

"낳아? 뭐꼬?"

이상언이 떨리는 음성으로 물었다.

"딸입니다."

"딸이라고…."

그는 시선을 돌리면서 혼자 중얼거렸다. 실망한 표정이

역력했다.

조산 할미가 핏덩이를 씻기는 것을 보며 영주는 딸이면 어떠랴 생각했다. 대머리가 돼도 좋다 싶었다. 영주는 다시 방으로 들어갔다. 깨끗이 씻긴 아기를 보에 싸안은 아내가 미소 짓고 있었다.

"미역이 어딨느냐?"

방에서 나온 영주에게 이상언이 물었다.

"아무래도 모자랄 것 같다며 어머니가 사러 가셨습니다."

"어허, 미리 준비해놓지 않은 게야?"

"출산일이 멀었다고…."

"이런 일이 있나."

그제야 두 남자는 부엌을 뒤지기 시작했다. 먹다 남은 미역이 살강 맨 위에 간 종이에 놓여 있었다. 행여나 해서 찾기 쉽게 놓고 나간 것이다.

일하는 계집아이에게 미역국을 끓이고 밥을 하라고 이르는 사이에 어머니가 시장에서 돌아왔다.

영주는 한동안 딸에게 빠져 지냈다. 새끼줄에 고추를 매달아 대문 앞에 달면서도 그저 콧노래가 나왔다. 보면 볼수록 신기했고 눈에 넣어도 아프지 않을 것 같았다. 나를 낳았을 때 부모님의 마음이 이러했지 싶었다. 핏덩이의 이름은 부자가 되라는 뜻에서 석순이라고 지었는데 촌스럽다는 이유로 이내 도경이로 바뀌었다.

이름이 무엇이든 그게 중요하랴. 갓난아기가 그저 사랑스러웠다. 조그만 발가락을 만져보고 오므린 손을 펴보고 이마를 맞대보았다. 핏덩이의 젖냄새가 그렇게도 좋은지 영주는 그저 싱글벙글이었다.

그러다가도 공부방에만 들어가면 세상사를 말끔히 잊었다. 다시 불법佛法의 세계로 깊이 들어갔기 때문이다.

인연의 길

1

첫아이를 본 지 한 해가 후딱 지났다. 봄인가 싶으면 여름이고, 수박 몇 덩이 깨어 먹고 나니 가을이었다.

늦가을 바람은 사람을 쓸쓸하게 한다. 가랑잎 구르는 소리에도 괜히 마음이 쓸쓸해진다. 햇살도 기운을 잃었고 그 곱던 꽃들도 없는 세상. 그들이 남긴 열매도 하나둘 사라지고 나면 찬바람이 살을 에고, 그런가 싶으면 어느 사이에 봄이 와 있었다. 길을 가다 개나리가 한 무더기 피어 있으면 내 공부도 언제 이 꽃처럼 만개할까 싶기도 했다. 영주의 공부 시간은 점차 길어져갔다.

그러던 어느 날 영주는 일본 순사들의 만행을 보았다. 전쟁이 길어지면서 그들은 돈이 될 만하면 무엇이든 걷어갔는데, 옆집 사람이 놋그릇을 숨겼다가 발각되어 낭패를 본 것이다.

'이 나라가 정말 어떻게 되려고….'

꿈을 꾸면 전쟁터로 끌려간 조선 사람들이 보였다. 그들의 처참한 모습과 비명소리가 귓가에 들렸다. 총소리와 포소리가 이명耳鳴을 만들었다. 하늘에선 군용기가 날고, 거리에는 전차 부대가 지나갔다. 군인들을 실은 트럭이 포에 맞아 거꾸러지고, 길바닥에 널브러진 군인들은 피를 흘리며 아우성을 쳤다. 목이 달아나고 다리가 부러지고 팔이 잘리고 반만 남은 몸뚱이들이 여기저기 뒹굴었다. 산마다 계곡마다 능선마다, 하다 하다 강바닥까지 피로 붉게 물들어 마치 낙조에 젖은 것 같았다. 어디에서나 시체가 나뒹굴었다.

영주는 공부방에서 나오지 않았다. 이 마을의 유지인 아버지가 아니었다면 자신도 벌써 잡혀가서 그들처럼 처참한 몰골이 되었을 것이다. 남의 나라 전쟁에 애꿏은 조선 청년들이 끌려가 희생당하고 있는 작금의 현실이 비참했다.

그럴수록 영주는 불교 공부에 더 매진했다. 갓난아기가 칭얼대면 자고 있는 아내를 깨웠다.

"애가 울지 않나. 얼른 일어나."

공부방에만 들어가면 애 우는 소리도 전혀 들리지 않았다.

한 사람의 일손이 아쉬운 농번기에 모두가 논밭으로 가서 일하고 있는데도 영주는 공부방에서 꿈쩍도 하지 않았다. 아내가 일꾼들과 밭에서 일하고 돌아와 보면 애 보던 계집아이는 졸고, 애는 울고, 남편은 공부방에 틀어박혀 세월 가는 줄 모르고 있었다.

언젠가부터 영주는 불경 타령을 시작했다. 그때만 해도 불경이 무척이나 귀할 때였다.

"일본에 갔다 와야겠다. 그곳 불경들을 사오등가 해야지."

"참으로 어이없네. 지금이 어떤 땝니꺼. 눈만 뜨면 왜놈들이 사람들 잡아갑니더. 아버님이 이녁 때문에 얼마나 곤혹을 치르는지 모르십니꺼? 시방 제정신이 아닙니더."

"제정신이 아니믄…?"

"참말로 환장하겠네예. 오뉴월 뙤약볕에 나가 왼종일 밭을 매도 묵고살까 말까 하는 사람들이 쎄빌렸습니더. 지금이 판에 불경을 구하러 왜국으로 들어간다는 기 말이 됩니꺼? 아버님이 알아보이소. 난리가 날 낍니더."

"그람 우짤 끼고?"

"그깟 공부 못하믄 그만이지, 아니 공부한다고 술이 나옵니꺼, 밥이 나옵니꺼. 안 그래도 시국이 이래 행동거지 조심하라 카는데…. 이치가 있어야 해결이 있을 것 아닙니꺼?"

"누가 그걸 모르나."

"그걸 알믄서 왜 그랍니꺼?"

"환장하겠네."

"환장은 지가 하겠습니더."

두 사람이 실랑이하는 소리를 들을 때마다 이상언은 눈을 감았다. 하늘같이 떠받들던 제 서방에게 눈 한번 치뜨는 것을 본 적 없는 며늘아이였다. 그 아이가 오죽하면 저럴까 싶었다. 본시 유학자 집안이라는 걸 모를 리 없는 아들이다. 이 나라가 어떤 나라인가. 불교를 배척하고 세운 나라가 아닌가. 그 속에서 먼먼 조상들이 이 집안을 댕댕이덩굴처럼 지켜왔다. 유학의 대주 최익현이 도끼 상소를 올렸을 때 영남 유림의 대표로 칼을 차고 한양으로 올라가 그들과 하나된 이가 바로 이 집안의 중시조다. 그렇게 호기롭고 옹골찬 조상들이 있었기에 이 가문이 오늘에 이른 것이다.

그런데 집안을 이어받아야 할 맏아들이 불경에 빠져서 독버섯이 되어가다니. 믿고 믿었던 아들놈이 조상님네로부터 등을 돌리고 있었다. 아무리 나라가 이 모양 이 꼴이라고 해도 하필이면 나라가 배척한 불교 사상에 물들 게 무언가. 도저히 참을 수가 없었던 이상언은 아들이 그동안 사 모았던 불교책들을 모조리 끄집어내 불태워버렸다. 아들은 길길이 뛰었고 며칠 동안 바깥출입조차 않더니 다시 일본병이 도졌다. 경을 구하러 그곳으로 가겠다는 것이다.

그런 아들을 다시 앉혀놓고 나무란다고 해결될 문제가 아닐 성싶었다. 더 엇나가면 그땐 어떡할 것인가. 절에라도 들어가 머리를 깎아버릴지 모른다는 생각에 오금이 저릴 지경이었다. 아비 이상언의 소망에도 아랑곳없이 영주는 더욱더 불교에 미쳐갔다.

2

영주는 경전만 붙잡고 있어서는 안 되겠다는 생각에 좌선에 임하기로 했다. 지도를 받을 처지도 아니어서 경전을 통해 앉는 방법부터 익히기로 했는데 좌선에는 항마좌降魔坐와 길상좌吉祥坐 두 가지가 있었다.

항마좌를 할 때는 먼저 오른발을 왼쪽 허벅지 위에 올려놓는다. 그런 다음 왼발을 오른쪽 허벅지 위에 올려놓는다. 이때 두 발바닥이 위를 향하게 하고 오른손을 왼손 위에 올려놓는다.

길상좌는 항마좌와는 반대로 먼저 왼발을 오른쪽 허벅지 위에 올려놓는다. 그런 다음 오른발을 왼쪽 허벅지 위에 올려놓는다. 이때도 두 발바닥이 위를 향하게 하고 왼손을 오른손 위에 올려놓는다.

길상좌는 밀교에서 많이 사용된다고 하는데 여기서 오른발은 불계佛界를, 왼발은 중생계衆生界를 나타낸다고 했다. 오른발로 왼발을 누르는 것은 불계가 중생계를 포섭한다는 뜻이다. 또한 중생계가 불계로 돌아간다는 뜻을 담고 있어서 결국 불계와 중생계가 다르지 않다는 것을 의미한다.

처음 해보는지라 몸이 뜻대로 움직이지 않았다. 다리가 잘 틀어지지 않아서 결가부좌를 하기가 힘들었다. 설령 다리가 틀어졌다고 해도 피가 통하지 않아서 이내 쥐가 나고 나중에는 무릎까지 통증이 밀려왔다. 심지어 다리에 기맥氣脈이 통하지 않아서 절뚝거리기 일쑤였다.

아내는 그런 남편이 한심해 자주 한숨을 몰아쉬었고 집안 어른들은 고개를 홰홰 내저었다. 가족들이 그러든 말든 영주는 눈을 뜨기가 무섭게 이른 새벽부터 결가부좌를 했다. 혀를 입천장에 올려붙인 뒤 눈을 반개하고, 숨을 배꼽 밑 단전까지 코로 빨아들였다가 입 밖으로 서서히 내뱉었다.

'개에게도 불성이 있는가, 없는가?'

좌선하면서 오로지 이 화두만을 생각했다. 그러다가 무릎과 허리가 아프거나 배가 당기고 다리가 저리면 관두기를 반복했다. 한 달이 지나자 쑤시고 아팠던 몸이 정상으로 돌아오고 청색증에 걸린 것처럼 새파랗던 다리에도 혈이 돌기 시작했다.

책에는 고관절이 열리기 때문에 일어나는 현상이라고 씌어 있었다. 복사뼈가 대동맥을 누르지 않게 되어 비로소 기맥이 통하기 시작했기 때문이라고 한다. 공중 부양을 하면 이런 느낌일까? 의외로 몸이 아주 가벼웠다.

'하아.'

참 신통했다. 가끔 몇 시간이 몇 분 정도로 짧게 느껴질 때가 있었다. 참선을 시작하고 얼마 지나지 않았는데 자정이 넘었다고 했다.

'이거 정말 예사롭지 않구나. 이게 삼매三昧의 경지일까?'

그 경지에 들어설 때마다 마음이 정화되고 번뇌도 사라졌다. 부처님의 깨달음이 거짓말이 아닌 것을 알 수 있었다. 서산 대사나 사명당의 재미있는 일화 역시 거짓말이 아니라는 생각이 들었다. 이대로 간다면 달걀을 공중에 거꾸로 쌓을 수도 있으리란 느낌을 받았다. 서산 대사가 소나기를 멎게 한 다음 땅바닥을 적신 빗방울까지 몽땅 하늘로 거둬 버렸다는데 얼마 지나지 않아 자신도 그렇게 할 수 있으리라 생각했다. 영주는《반야심경般若心經》과《증도가》를 거의 외우다시피 했다.《반야심경》은 어떻게 삼매에 들어 '근본지根本智 반야般若'를 얻을 수 있는지 명료하게 보여주었다.

석 달이 지났을까. 어느 날 꿈속에서 갑자기 솥뚜껑이 열리듯이 정수리가 확 터져 나가는 느낌이 들더니 머리가 뜨거워지고 환영이 달려들었다. 날개 달린 개가 입을 쩍 벌리고 누렇고 날카로운 이빨을 드러낸 채 미친 듯이 그에게로 달려들었다.

얼마나 놀랐던지 영주는 악악거리다가 눈을 떴다. 이게 도대체 뭔 일인가 싶어 경전을 펼쳐보니 혼침惛沈이라고 했다. 좌선이 익어가면 생기는 일인데 광신자가 기도를 지극히 하다 보면 헛것을 보는 것과 같은 이치라고 했다. 경전이 맞았다. 정신머리가 어떻게 되었는지 정말로 눈만 감았다 하면 헛것이 보였다. 날개 달린 개가 문제가 아니었다. 상상조차 할 수 없었던 형상이 보이기 시작했다. 피의 잔과 번쩍거리는 칼을 든 지옥의 사자가 해골 투구를 쓰고 인간의 살점을 질겅질겅 씹으면서 다가오기도 했고, 뿔 달린 코끼리가 달려와 몸을 짓밟기도 했다. 무서워서 도저히 잠을 잘 수 없을 정도였다.

어떤 날은 노승 하나가 눈앞에 나타났다. 누군가 했더니 언젠가 《증도가》를 주고 간 거지 중이었다. 아니다. 그에게서 《증도가》가 아닌 《서장》을 받았던가. 뜻밖에 원주 스님

43

이 보였다. 그가 대문으로 들어서더니 말없이 영주를 바라보다가 사라져버렸다.

눈을 뜨니 꿈이었다. 이상하다고 생각했는데 그날 오후 정말 꿈속처럼 원주 스님이 대문 안으로 들어섰다. 꿈속의 일이 그대로 재현되니 별일이다 싶었다. 스님은 안방으로 들어가서 어머니에게 개운사를 떠나게 되었다며 마지막 인사를 드리러 왔노라 했다. 어머니는 노란 봉투에 돈을 넣어 받지 않겠다고 하는 스님의 주머니에 애써 찔러 넣었다. 게다가 쌀 한 말을 내놓았다.

어머니는 밖에서 어슬렁거리고 있던 영주에게 동구 밖까지 직접 배웅해드리라고 했다. 스님이 말렸으나 영주는 스님의 바랑을 안고 엉거주춤 앞장을 섰다. 사랑방을 지나가는데 눈치를 챈 아버지의 헛기침 소리와 놋재떨이 두드리는 소리가 들려왔다. 평소 절에 다니는 걸 싫어하는 아버지가 또 심통을 부리는 것이었다. 그들은 대문을 나섰다.

동구 밖까지 가면서 영주는 스님에게 어디로 가시는지 물었다. 스님은 본사인 송광사로 들어간다고 했다. 그러면서 그동안 공부를 좀 했느냐고 되물었다.

요즘 혼침 때문에 고심하고 있다고 했더니 스님은 깜짝 놀라는 표정이었다.

"그게 정말인가?"

"그렇습니다."

"허허, 대단하군."

"혼침 상태를 어떡해야 할지 모르겠습니다."

"나도 그 경지까지 가보지를 못해서…. 그러고 보니 만공滿空 스님이 생각나는군. 자네 만공 스님을 아는가?"

"집에 오시는 노스님께 언뜻 들은 듯합니다."

"그럴 것이야. 원체 이름난 분이시니…. 이 나라 불교의 대주인 경허鏡虛 스님의 제자이시지."

"아, 그분에 관한 말씀도 들은 거 같습니다."

"만공 스님이 경허 스님 밑에서 수행할 때였는데 어느 날 혼침이 와서 고민했지. 그때 나는 경허 스님을 모시다가 산을 내려온 후였고, 관섭寬燮이라는 사미가 경허 스님을 모시고 있었지. 만공 스님이 경허 스님에게 물었다더군. 혼침이 온 것 같은데 어떡할지 모르겠다고. 경허 스님이 허허 웃으며 뭐라고 했고, 그 한마디에 만공 스님이 깨쳤다는군."

"그 말이 무엇인데요?"

한때 경허 스님을 모셨다는 원주 스님의 말이 믿어지지 않았지만 한편 사실일 수도 있겠다 싶었다.

영주의 물음에 스님이 고개를 내저었다.

"모르지. 그때 관섭이 그 대답을 들었다는군. 만공 스님이 그 자리에서 둥근 원 하나를 그려 평생 품에 지녔다지."

영주는 고개를 갸웃했다.

"방금 둥근 원이라고 하셨습니꺼?"

"그랬지."

"둥근 원이 바로 일원상—圓相 아닙니꺼?"

영주는 재차 물었다.

"그렇지."

"왜 둥근 원을 그리셨을까요?"

"글쎄? 그 후 만공 스님은 일원상에 관해 아무런 말을 하지 않았고 만행을 하다가 모습을 감추었다네. 게다가 경허 스님을 함께 모셨던 관섭의 소식조차 들을 수 없었다는군. 소문에는 관섭이 이곳저곳 떠돌다가 삼진에 있는 만포동굴로 들어가 짐승처럼 살았다는 말이 있더구먼. 누군가 그 동굴로 우연히 기어들었는데 만공 스님이 그린 일원상이 걸려 있는 걸 봤다더군. 아마 관섭이 만공 스님의 일원상을 동굴에 걸어둔 것 같아."

"만포동굴이라 카믄…?"

"삼진에 있는 동굴일세."

집으로 돌아온 영주는 잠이 오지 않았다. 도대체 무슨 말이기에 그 한마디에 깨달아 평생 일원상을 품고 다닌단 말인가? 그러고 보니 경허 스님과 그의 제자들에 관해서 쓴 글을 읽은 기억이 떠올랐다.

영주는 책을 찾아 온 집 안을 헤맸다. 광 한 귀퉁이에 쌓아 놓은 책들 속에서 《조선의 선맥禪脈》이 눈에 띄었다. 그 옆엔 경허 스님의 제자였던 한암漢巖 스님의 《일생패궐一生敗闕》이란 책이 있었다. 잡지도 한 권 있었는데 내용을 살펴보니 불교를 이해하는 데 도움이 될 만한 월간지였다. 서양의 고전 《헤겔문학전집》이나 《순수이성비판》과 견주어도 전혀 뒤떨어지지 않을 만큼 내용이 알찬 잡지였다. 특히 경허 스님과 만공 스님에 관한 글이 매우 인상적이었다.

경허성우鏡虛惺牛는 대표적인 이 나라의 선승으로 1849년 전주에서 태어났으며 속명은 송동욱이다. 아홉 살 때 과천의 청계사에서 계허桂虛 선사를 은사로 출가해 경허라는 법호를 받았다. 그는 스승에게 오 년 동안 가르침을 받았는데 다음은 그 가르침 중 하나이다.

영운靈雲 선사에게 납자 장경혜릉長慶慧稜이 물었다.

"불교의 대의大義가 무엇입니까?"

"나귀의 일도 가지 않았는데 말의 일이 닥쳐왔다驢事未去

馬事到來]."

영운 선사는 위산영우潙山靈祐 선사에게서 수학하던 중 복사꽃을 보고 몰록 깨쳤다. 그는 평생 지혜라는 칼을 찾아다니던 선의 검객이자 진정한 심검당尋劍堂의 주인이었다. 다음은 만고에 빛나는 그의 오도송이다.

칼을 찾아 삼십 년 동안 헤맨 나그네여
꽃이 피고 잎이 지는 것을 몇 번이나 보았느냐
복사꽃 핀 것을 보고 난 후에는
아직 다시 의심할 것이 없노라
三十年來尋劍客 幾回落葉又抽枝
自從一見桃花後 直至如今更不疑

그런 그가 한 대답이고 보면 의심이 일어나지 않을 수 없다. 아니 '여사마사驢事馬事' 화두는 의심 그 자체다.

경허가 이 화두를 만난 것은 1879년 11월 무렵이었다. 충격이었다. 나귀의 일도 가지 않았는데 말의 일이 닥쳐왔다? 도대체 이게 무슨 말인가?

그는 동학사 조실방에서 이 화두를 잡았다. 용맹정진 석달. 화두를 풀지 않고는 깨칠 수 없다고 생각하고 밤낮으로 음식도 먹지 않고 오직 물만 마시면서 이 화두에 몰두했다. 그런 모습을 본 스님들이 발을 굴렀다.

"저러다 죽을지도 모른다."

동짓달 보름. 경허의 사형 학명學明 스님이 사미승 동은東隱의 아버지를 찾아갔다. 사가에 살고 있었으나 불법이 깊은 사람이었다. 동은의 아버지가 학명 스님에게 물었다.

"경허 스님의 공부가 지극하다면서?"

"그런다고 깨침이 오는 것인지…, 그저 소처럼 앉아 있습니다."

총무 소임을 보고 있는 자신으로서는 경허의 구도 행태가 마음에 들지 않았기에 한 말이었다.

동은의 아버지가 고개를 주억거리며 물었다.

"앉아 있는다고 공부가 되는 것은 아니지. 자네 중노릇 잘못하면 소가 되는 이치를 아는가?"

학명 스님이 잠시 생각하다가 대답했다.

"소처럼 주인이 주는 여물만 먹고 있으니 하는 말이 아니겠습니까?"

"그렇지. 소처럼 공양만 받아먹는다면 소밖에 될 게 없다는 말이지."

"선리禪理의 길을 찾지 못하겠으니 막막합니다."

동은의 아버지가 잠시 생각하다가 한마디 툭 내뱉었다.

"고민하지 말게. 소가 되어도 콧구멍 뚫을 데만 없으면 될 테니."

학명 스님은 입을 딱 벌린 채 할말을 잃고 말았다.

그들의 대화를 엿듣고 있던 사미승 동은이 절에 돌아와 다른 사미승에게 물었다.

"너희들, 중노릇 잘못하면 소가 되는 이치를 아느냐?"

"소가 되는 이치? 그게 뭔데?"

"소가 돼도 콧구멍 뚫을 데만 없으면 된다는군."

사미승들의 대화가 옆방 경허의 귓속으로 흘러들어 갔다. 그들의 대화를 듣고 그때까지 가로막고 있던 의문이 우지직 부러져나갔다.

콧구멍 뚫을 데가 없다면 그것은 자유다. 이리저리 끌려다닐 일이 없기 때문이다. 하늘을 보자 하늘이 열렸다. 사방을 둘러보자 사방이 열렸다. 열리지 않는 것이 없다. 노랫소리가 들려왔다. 산 아래 연암산 아랫길에서 부르는 노랫소리가 환히 들렸다. 자신은 어디에나 있었다. 없는 곳이 없었다. 분별에 사로잡혔던 자신이 바로 이 우주였다.

'무비공無鼻空이다. 무비공!'

경허의 입에서 자연스럽게 오도송이 흘러나왔다.

콧구멍이 없다는 사람들의 말을 홀연히 듣고

몰록 깨치고 보니 온 우주가 내 집이로구나

유월의 연암산 아랫길에서

농부들이 일없이 태평가를 부르네

忽聞人語無鼻孔 頓覺三千是我家

六月燕岩山下路 野人無事太平歌

경허가 자신의 법명이 성우惺牛임을 비로소 깊이 깨닫는 순간이었다.

그 후 경허는 모든 것과 하나가 되어 흘렀고 자신이 얻어낸 자유를 만끽했다. 배가 고프면 먹고 잠이 오면 잤다. 씻고 싶으면 씻고 싫으면 씻지 않았다.

그는 우주와 하나가 되어 흘렀다. 자신이 소나무이고 참나무였다. 갈대이고 꽃이고 잎이었다.

그렇게 깨침을 오롯이 일군 경허는 자신을 낳아준 어머니를 찾았다. 어머니는 자신에게 우주를 주고 진정한 자유를 준 근본이었다. 그가 어머니를 찾는다고 하자 사람들이 그의 법문을 듣기 위해 구름처럼 몰려들었다.

그는 어머니를 단상에 모시고 겉옷과 속옷을 모두 벗었다. 어리둥절해하던 사람들이 이내 미쳤다며 손가락질을 했다.

어머니는 아들의 행동에 놀라 어쩔 줄 모르다가 눈물을 흘렸다.

'미쳤구나. 내 아들이 기어이 미쳐버렸구나.'

경허가 그런 어머니를 안았다.

"어머니, 울지 마십시오. 어머니가 낳아준 모습 그대로입니다. 아들의 참모습을 보십시오. 어머니의 분별심이 천진불을 죽이고 있습니다."

이해하지 못하는 어머니를 뒤로하고 경허는 유랑의 길로 들어섰다. 어디에나 자신의 어머니를 닮은 이들이 있었다. 그는 그들을 제도했다. 문둥이들의 손이 되고 발이 되었다. 배고픈 사람을 보면 제상에 올릴 음식을 가져다주다가 제주에게 혼이 나기도 했다. 그때마다 그는 언제나 이렇게 중얼거렸다.

무소의 뿔처럼 혼자 가노라

사슬에서 풀려난 사슴과 같이

소리에 놀라지 않는 사자와 같이

그물에 걸리지 않는 바람과 같이

진흙에 더럽혀지지 않는 연꽃과 같이

나 홀로 가노라 무소의 뿔처럼

경허는 어느 날 제자 관섭을 불렀다.

"가서 고기 좀 구워오너라."

경허 선사의 꼬맹이 상좌 관섭에겐 위로 혜월慧月과 만공이라는 두 사형이 있었다. 산에서 나무를 하고 고기와 술심부름이나 다니는 승가 생활에 깊은 회의를 품고 있던 관섭이 느닷없이 그런 명을 받은 것이다. 관섭은 대답을 못 한 채 새벽에 초롱을 들고 만공 사형이 있는 개울가로 나갔다. 만공에게 며칠 날씨가 좋지 않아 시주를 받지 못해 술과 고기를 살 돈이 없노라 털어놓았다.

그날 관섭은 만공이 구해준 고기에다 소금 대신 비상을 뿌렸다. 스님이 하라는 공부는 않고 이상한 질문으로 헷갈리게 하면서 술이나 마시고 고기나 탐하는 게 못마땅했다. 신심이 시퍼렇던 그는 스승을 죽이기로 마음먹었던 것이다. 관섭은 눈물을 흘리며 비상 뿌린 술상을 들고 경허의 방으로 들어갔다.

경허가 술상을 받아 고기 맛을 보니 비상이 뿌려져 있었다. 그러나 아무 말도 하지 않고 툭툭 털어낸 후 모두 먹었다. 극은 극으로 다스린다고 했던가. 때로 약으로 쓰이기도 하는 게 비상인지라 큰 해를 주기에는 양이 많지 않았던 것이다.

관섭은 스승이 죽었겠거니 하고 방문 앞으로 다가갔는데 안에서 사람 목소리가 흘러나왔다.

"관섭아, 상 물려라."

관섭은 부들부들 떨면서 방으로 들어갔다. 제자를 본 스승이 입을 열었다.

"오늘 반야탕은 어느 때보다 맛이 좋구나."

술상을 내온 관섭은 너무 무서워 그대로 도망을 쳤다.

마침 말려놓은 나무를 걷어 지게에 지고 돌아오던 만공이 헐레벌떡 산길을 뛰어 내려오는 관섭을 보고 왜 그러냐며 팔을 붙잡았다. 관섭은 넋이 나간 얼굴로 스승을 죽이려고 고기에다 비상을 뿌렸다는 말을 얼떨결에 내뱉고 말았다.

만공은 너무 어이가 없어 그를 잡아다 매질을 했다. 관섭의 비명을 들은 스승이 밖으로 나오며 이렇게 말했다.

"관두어라. 내가 이렇게 살아 있지 않으냐."

관섭은 며칠 뒤에 기어이 산을 내려가고 말았다.

여기까지가 경허에 관한 내용이다. 만공에 관한 대목은 한암의 입을 빌려 설명하고 있었다. 자전적 구도기인 《일생패궐》을 지은 한암 역시 경허의 제자였다. 그는 월정사 말사인 상원사를 지키고 있었는데 훗날 '오대산 천고千古의

학鶴'으로 불렸다.

한암이 경허의 소문을 듣고 그가 주석하는 절로 갔을 때 경내는 온통 고기 굽는 냄새로 가득 차 있었다. 소문대로 관섭은 보이지 않고 맏상좌 만공이 풍로를 내어놓고 고기를 굽고 있었다. 관섭이 산을 내려가버려 만공이 그 일을 대신해야 했다.

"허어, 절간에 고기 굽는 냄새가 가득하구나."

한암이 들어서면서 한마디하자 만공이 풍로의 불씨를 살리느라 부채질을 하다가 돌아보았다. 그는 연기에 눈이 매워 눈물을 질금거렸다.

"어쩐 일이신가?"

한암은 만공보다 몇 살 아래였다. 법랍法臘도 만공이 앞섰다. 그래도 만공은 한암을 동기처럼 대했다. 서로 법거량法擧量을 벌이면서 친해지기 시작하자 허허거리며 자연스럽게 어울린 것이다. 그만큼 한암의 그릇이 크다는 걸 사형들이 인정한 탓도 있었다.

"관섭이 놈을 다시 잡아오든가 해야지, 고기 굽다가 열반하겠습니다."

"이것도 다 부처님 뜻이 아니겠는가."

"그래, 관섭이는 소식이 없습니까?"

한암의 물음에 만공이 머리를 저었다.

"그놈 돌아오지 않을 걸세."

"말은 들었습니다만…."

곁에 와 앉는 만공을 보니 다리를 저는 게 아닌가.

"다리를 다치셨습니까?"

"…."

"스승에게 인사나 드려야겠습니다."

만공이 고개를 가로저었다.

"가지 마시게."

한암이 의아해서 만공을 쳐다보았다.

"혼자가 아니라네."

"혼자가 아니라니요, 객이라도 온 겝니까?"

만공은 다시 머리를 내저으며 어제 경허가 여자 하나를 업어왔고, 지금 그 여자와 함께 있다고 했다. 그 말을 듣고 한암이 깜짝 놀라 물었다.

"아니 스승이 여자와 함께 있단 말이오?"

만공이 고개를 주억거렸다.

"하하하, 내 오늘 무량한 법문을 들었도다!"

한암은 무릎을 쳤고 만공은 시선을 떨구었다.

그때 방 안에서 만공을 부르는 소리가 들려왔다.

"만공아, 물 좀 가져오너라."

만공이 물을 떠서 앞장서고 한암이 그 뒤를 따랐다. 문을 열기가 무섭게 지독한 악취가 코를 찔렀다. 방 안 풍경이 기가 막혔다. 한암은 자신도 모르게 코를 싸쥐고 방 안을 살폈다. 술에 취한 경허가 여자에게 팔베개를 해주고 있다가 만공과 한암을 멍하니 바라보았다. 한암을 보고 어쩐 일이냐고 묻지도 않았다.

그때 경허의 법의 자락이 바람에 펄렁 날아올랐다. 한암은 너무 놀라 뒤로 물러섰다. 순간 경허의 배 위에 뱀 한 마리가 똬리를 틀고 있는 모습을 보았기 때문이다. 기가 차게도 여자의 몸 상태는 온전치 못했다. 눈썹도 없고 코도 문드러졌다. 손가락과 발가락도 문드러지고 걸친 옷도 피고름에 절어 있었다. 문둥이인 듯했는데 경허는 여인이 깰세라 그때까지도 팔베개를 풀지 않았다.

만공은 물사발을 방 안에 들여놓고 문을 닫았다. 한암은 할말을 잃고 멍하니 서 있었다. 만공이 그를 끌었다. 한암은 문득 방 안의 모든 것이 하나라는 생각을 했다. 선사도 문둥이도 뱀도 모두 하나였다. 문둥이가 경허였고 뱀이 경허였다. 경허는 그들 모두였다. 자기를 버린 무애無碍의 경지에 들지 않고 어떻게 저럴 수 있을까 싶었다.

"이제 고기 굽는 일도 그만둘 때가 되었구먼."

풍로를 향해 다가가던 만공이 허공을 올려다보며 서글픈 어조로 말했다. 이름 모를 새 한 마리가 날아가고 있었다. 만공이 그 모습을 보다가 한암을 돌아보며 칼날 같은 음성으로 중얼거렸다.

"다가오고 있다. 이별할 날이… 이별할 날이…."

만공의 눈가에 한 가닥 회한이 스치고 지나갔다.

한암은 그길로 만공과 경허 곁을 떠났다.

경허는 그 후 홀로 삼수갑산으로 갔다. 그는 옹이방이란 촌락에서 기거하다 그곳에서 입적했다. 방 안에 들어간 후 소식이 없어 사람들이 문을 부수고 들어가 보니 앉은 채로 열반에 들어 있었다.

만공은 혜월과 함께 스승의 유골을 파내어 바람에 흘려보냈다. 혜월은 평생 짚신을 삼으며 죽장을 짚고 전국을 헤매던 스님이었다. 만공은 그 후 만행에 들어 모습을 감추어 버렸다.

달의 그늘

1

다음 날 영주는 관섭을 만나보겠다는 생각에 집을 나섰다. 만공 스님이 만행에 들어 모습을 감추었다는 말을 원주 스님에게 들은 바 있었다. 그렇다면 관섭이 그에 대해서 알고 있을 터였다. 책에는 스승의 술심부름이 싫어 도망이나 치는 제자로 그려져 있지만 그에게도 그럴 만한 사연이 있었을 것이다. 그를 만나 경허 선사에 대해 더 자세하게 알고 싶었다. 도대체 경허 선사가 어떤 대답을 던졌기에 만공 선사는 깨쳤으며 평생 일원상을 품고 다녔단 말인가.

대답을 알고 있는 관섭, 바로 그 인물이 삼진 만포동굴에 있다고 했다. 영주는 동굴의 위치를 알아냈다.

낡고 지저분한 버스를 두 번이나 갈아타고 찾아간 곳은

삼진읍 변두리의 한 시골 마을이었다. 아니 시골에서도 한참 벗어난 산골 속의 골미창이었다. 그곳에 큰 동굴이 있고 그 앞에 허름한 움막이 하나 있었다. 언뜻 보아서는 사람이 거처하는 움막인지 알 수 없었다.

움막 속에 서른대여섯 남짓 되어 보이는 사내가 눈에 띄었다. 원주 스님의 말대로 그가 관섭인 것 같았다. 얼마나 긴 세월 동안 머리를 자르지 않았는지 검은 머리가 허리까지 길게 내려왔고, 수염이 두루미 꽁지처럼 자라서 목을 가렸다.

"누구야?"

영주가 어려 보였는지 그가 대뜸 반말을 했다.

"혹시 관섭 스님이십니꺼?"

"누구야? 중 때려치운 지가 언젠데⋯."

영주는 다가가 합장을 했다. 사내의 얼굴에 낭패한 빛이 흘렀다. 책 내용이 사실이라면 호기심 많은 사람들이 그를 찾기도 했으리라. 하지만 언젯적 일인가. 경허 스님이 돌아가신 지도 벌써 이십여 년이 지난 마당이다.

"관섭 스님이 맞나 봅니더. 산청에서 온 이영주란 사람입니더."

"산청?"

사내가 눈을 크게 떴다. 눈매가 날카롭고 광대뼈가 억셌다. 키는 자그마하고 마른 몸이었다.

"산청에서 무슨 일로?"

사내가 째지고 날카로운 음성으로 물었다.

"뭐 하나 물어볼 게 있어서….'

"뭘 물어?"

"혹 만공이라는 스님을 아시는가 해서….'

경허 스님을 들먹이려다가 만공 스님 핑계를 댔다. 경계를 덜하리라는 생각에서였다.

"모르오."

그가 발작하듯 틈을 주지 않고 단호하게 말을 잘랐다.

"예?"

영주가 되물었다.

"모른다고 하지 않았소."

갑자기 그가 경어를 쓰며 신경질을 냈다. 매우 당황했다는 증거였다.

"이곳으로 오기 위해 개운사 원주이신 유삼 스님이란 분을 만났는데 가르쳐줍디더. 만공 스님과 사제 되시는 분이 이곳에 살고 있다고."

"유삼? 난 그런 사람 모르오."

사내가 중얼거리다가 단호히 잘라 말했다. 영주는 멍하니 그를 바라볼 뿐이었다.

"가시오. 그런 사람 모르니."

그는 소리치고 휘적휘적 움막 안으로 들어가버렸다.

그런 반응으로 보건대 관섭이 분명하다는 생각이 들었다. 그렇다면 이대로 물러날 수 없다는 생각에 움막 앞으로 다가갔다.

"좀 들어가겠습니더."

영주는 그렇게 말한 뒤 거적을 들치고 안으로 들어갔다. 심한 악취가 콧속으로 흘러들었다. 분명 생선 썩는 비린내였다. 영주는 약간 겁먹은 눈으로 안을 살펴보았다.

서너 평이나 될까. 뭐 하나 제자리에 놓인 것이 없다. 부엌이 방이요, 방이 부엌이다. 때에 전 요때기, 불에 그을려 새까맣게 탄 냄비들, 여기저기 벗어 던져놓은 옷가지들, 먹다 남은 음식들, 방바닥에 뒹구는 수저, 심지어 진구렁을 헤맨 것 같은 찌까다비(왜인 신발) 두 짝을 방구석 윗목에 모셔놓았다. 앉을 곳도 없고 발 디딜 틈도 없다. 비로소 냄새의 근원지를 찾았다고 생각하는데 그가 고함을 질렀다.

"아니, 모른다고 하지 않았소."

"댁이 관섭 스님이라면 분명 유삼 스님의 도반이라는 걸 알고 있습니더."

"나는 그런 사람 도반으로 둔 적 없어."

그가 사납게 내뱉고는 고개를 홱 돌려버렸다.

"어쨌든 한때는 경허 스님을 함께 모시지 않았습니꺼."

"나가시오. 나가!"

영주가 그대로 서 있자 그가 벌떡 일어나 밖으로 나가버
렸다.

영주가 따라 나서자 두 손을 허리춤에 얹고 움막 앞에 서
서 잔뜩 노려보던 그가 고함을 질렀다.

"모른다고 하는데 왜 그러오?"

"몇 가지만 물어보겠심더."

"글쎄 모른단 말이오."

"혹시 이곳에 만공 스님이 계신 거 아닙니꺼?"

염장을 질러보자 싶어 영주가 대놓고 물으니 그의 동공
이 커졌다.

"뭐요?"

"만공 스님과 각별한 사이로 알고 있는데….."

"이봐요. 지금 뭔 말을 하는 거요?"

그가 거칠게 물었다.

"하하, 맞군요."

"맞기는 뭐가 맞아?"

"한때 유삼 스님과 함께 지냈다면서요?"

그는 어이가 없는지 실소를 머금다가 악에 받쳐 고함을 내질렀다.

"그래 맞아. 이제 됐소?"

"그럼 잘됐심더."

그가 허공을 보며 다시 실소를 터트렸다.

"정말 어떻게 된 사람 아니야?"

"멀쩡합니더. 멀쩡하지 않고서야 여까지 왔겠습니꺼?"

"허참, 별난 인물을 다 보겠네. 그래 뭘 알고 싶은 거야?"

"경허 스님과 만공 스님에 대해 몇 가지만 물어보려고요."

"그럼 그 사람들을 만나 물어봐야지 내가 어떻게 알아?"

"경허 스님은 오래전에 돌아가시지 않았습니꺼. 만공 스님은 만날 수가 없고…."

"내가 뭘 알고 있다는 거요? 한때 그들과 생활하긴 했지만 아는 게 도통 없소. 오죽하면 나를 이곳까지 끌어다놓고 그렇게 가버렸겠소."

"가다니요? 누가요?"

"누구긴? 만공이지."

"일단 안으로 들어가입시더. 이렇게 나눌 말은 아닌 것
같으니….”

뜨악해서 쳐다보던 그는 일순 영주 앞으로 걸어와서는
다시 소리쳤다.

“글쎄 모른다고 하지 않소.”

“그러니까 말이나 좀 나눕시더. 지금 물러난다 카더라도
곧 다시 올 낍니더.”

그가 어이없다는 표정으로 쳐다보다가 포기했는지 돌아
서며 말했다.

“좋수다. 들어오시오.”

그는 거적을 들치고 움막 안으로 들어갔다. 오기 서린 행
동거지였다. 영주는 그의 뒤를 따랐다. 그는 길을 트는 무사
처럼 널려 있는 살림살이들을 발길로 툭툭 찼다. 그의 발길
질에 냄비가 옆으로 굴러가고 요때기가 물러섰다. 개선장
군처럼 앞서 나가던 그는 얼마큼 자리가 확보되자 뒤로 돌
아서서 영주를 바라보았다. 가재도구가 엎어지고 자빠진
움막 안에서 두 사람은 마주섰다.

앉을자리를 마련해주리라곤 생각지도 않았는데 이곳저
곳을 살피던 그가 구석에서 항아리 하나를 꺼내왔다. 그는
어질러진 가재도구를 툭 차며 그때까지도 서 있는 영주에

게 한소리 했다.

"앉으시오. 움막이 무너지지는 않을 테니."

영주가 빈자리에 앉자 둥근 양철 상을 영주 앞에 갖다놓았다. 조악한 개다리소반이었다. 얼마나 오랫동안 사용을 안 했는지 때기름이 곰팡이가 되어 피어 있었다. 행주로 곰팡이라도 닦아낼 줄 알았는데 어럽쇼, 아무렇게나 처박아두었던 신문지를 들고 오더니 상 위를 덮었다.

신문지에서 왜국의 천황이 손을 들어 환하게 웃고 있었다. 그 주위로 개미 같은 일본어가 새까맣게 박혀 있었다.

그가 종지 두 개를 들고 와서는 영주와 자신 앞에 하나씩 놓았다.

"차가 떨어졌으니 술이나 한잔하고 가시오. 안주는 없소."

그는 영주의 반응 따위에는 관심이 없었고 항아리를 당겨 뚜껑을 열었다. 고약한 냄새로 가득한 움막 안에 갑자기 이상스러운 향내가 돌기 시작했다. 분명히 그가 연 항아리 속에서 흘러나온 향기였다.

"향이 좋심더."

"뭘 알고 싶은 거요? 얼른 묻고 일어나시오."

"술이 잘 익은 거 같습니더."

그가 못 말리겠다는 듯이 씨익 웃었다. 이제야 마음을 푸는 표정이었다.

"보리수잎 술이오."

"보리수잎?"

"갸야산에서 채취한 것이오."

"가야산이라면?"

영주는 '해인사가 있는 곳, 아마 그곳이 가야산이지' 생각하며 되물었다. 그가 입꼬리를 올리고 웃었다.

"맞소. 해마다 채취해 담근 것이오. 이제 영기靈氣가 모여 부처 같은 반야탕이 되었을 게요."

"어째 묵기가⋯."

그가 잔에다 술을 따랐다. 황색의 술이 잔으로 쏟아졌다. 손바닥만 한 보리수잎들이 보였다. 이미 탈색되어 빛을 잃은 모습이었다. 잎들이 잔으로 쏟아지는 술을 따라 입구를 빠져나오려고 하자 그가 손가락으로 거침없이 막았다.

손을 얼마나 씻지 않았는지 손톱 밑이 연기에 그을린 것처럼 새까맣다. 자신의 잔에도 술을 한 잔 따르던 그가 무슨 생각을 했는지 곁에 있던 양푼을 가져다놓고 항아리에 든 술을 잔뜩 부었다. 술과 함께 보리수잎이 우수수 쏟아졌다. 양푼의 반이나 찼을까. 항아리의 술이 남지 않은 걸 확인하고는 양푼에 담긴 보리수잎을 손으로 건져 도로 항아리에 넣었다.

그는 항아리의 뚜껑을 덮고 손에 묻은 술을 입으로 핥았다. 영주는 그가 술을 핥는 것인지 오랫동안 씻지 않은 땟물을 핥는 것인지 모르겠다고 생각했다.

"일체의 잡것이 끼지 않은 그만의 것, 이게 바로 반야탕이오."

그는 그렇게 말하면서 앉더니 술잔을 들어 먼저 코끝에 갖다 댔다. 향기를 음미하던 그는 술잔을 입으로 가져가 쭉 들이켰다. 그러고는 풀어진 눈으로 영주를 뚫어지게 쳐다보았다.

"묻고 싶은 것이 대체 뭐요?"

"천천히 하지요. 저도 한잔 들어야겠으니…."

그가 어처구니없다는 듯이 피식 웃었다.

"물고 늘어지는 근성 알아줄 만하네…."

"그러니 먹고살지요. 오죽하면 여기까지 왔겠습니꺼."

그가 먹다 남은 양푼의 술을 영주의 잔에다 부었다.

"그럼 먹어보시구려. 오신다고 수고했을 테니…. 허참."

영주는 그의 허드렛말을 들으며 술잔을 들어 향기를 맡았다. 형용할 수 없는 향기가 콧속으로 스며들었다. 낯설면

서도 익숙한 듯 콧속으로 스며드는 이 향기…. 어디서 맡아
봤더라? 처음 아내의 가슴을 열었을 때? 그녀의 가슴을 물
었을 때? 어느 시골의 불빛 없는 간이역에서? 아니 금침이
흐트러지도록 그녀를 처음 가졌을 때?

영주는 천천히 아내를 안을 때처럼 술을 들이켜기 시작했
다. 입속의 세포들이 기다렸다는 듯이 일어났다. 잠자던 세
포들이 아우성을 쳤다. 알싸한 술이 목을 타고 흘렀다. 밤하
늘의 혈관 같은 빛무리들이 그 술을 안고 돌았다.

어느 사이에 잔이 비었다.

술잔을 놓으면서 영주는 첫날밤 요 위에 흘러내린 몇 점
의 피를 보았다.

피!

성난 돌기가 아내 덕명의 가랑이 사이를 헤집었을 때 그
녀가 말했다.

"아파요…."

그 말이, 그 피가 가슴 저릴 때마다 찾아올 줄 그때는 몰
랐다. 일에 쫓겨 허둥댈 때도 문득문득 그 말은 의식의 골방
속을 물어뜯었다.

영주는 나중에야 아픈 것은 그녀의 살이 아니라 자신의
가슴이었음을 알았다. 첫아이 도경을 볼 때까지도 몰랐던

사실이다.

며칠 전 아내가 말했다.

"애가 들어선 것 같심더."

하늘이 우르르 무너지는 것 같았다. 이상한 느낌이었다. 불교의 세계를 알기 시작해 불경 공부에 빠진 후에도 그런 느낌은 한 번도 받아본 적이 없다. 이제 태어날 아이가 언젠가는 자신의 앞을 막아설 것 같다는 막연한 느낌이 들었다.

"이 정도면 수인사는 된 것 같으니 그만합시다. 내게 뭘 물어보겠다는 건지 말해보시오."

영주는 잠시 생각에 잠겼다가 그를 바라보았다. 그가 빈 잔에 술을 따르고 있었다. 고심하던 영주는 불쑥 말을 꺼냈다.

"혹시 혼침에 대해서 아십니꺼?"

"혼침?"

그가 눈을 크게 뜨고 되물었다.

"참선 중에 본다는…?"

"아시는군요?"

"그 말을 모르는 사람도 있을까."

"그래서 이렇게 찾아온 깁니더. 스님이 모시던 경허 스님이나 만공 스님의 수행을 알기 위해…."

그제야 그가 피식 웃었다. 그런 걸 묻겠다고 이토록 애를 썼냐고 묻는 듯했다. 그러면서도 말에 날을 세웠다.

"스승 이야기는 하고 싶지 않은 것이 내 솔직한 심정이오."

"예?"

영주는 멍하니 그를 쳐다보다가 말을 이었다.

"물론 그 심정 이해합니다만…."

그가 눈을 번쩍 치뜨다가 단호히 말했다.

"그럼 묻지 마시오."

그의 눈이 생뚱했다. 자신의 말이 틀렸느냐, 거슬리느냐 묻고 있는 것 같았다.

영주는 짜증이 나고 화가 울컥 치밀었다. 뭐 이런 인간이 다 있나.

"뭘 물을지 다 알면서 왜 저를 안으로 들이신 겁니꺼?"

그가 픽 웃었다.

'웃어?'

다시금 울컥했다. 술잔을 단숨에 비웠다. 그제야 '아, 이놈의 술 때문인가' 생각했다. 내가 누구인가? 조사관인가? 지금 취조를 하고 있나? 수사를 하고 있나? 왜 이럴까? 왜 이렇게 짜증이 나고 화가 치미는 걸까?

거기까지 생각이 미치자 영주는 머리를 한 번 세차게 흔들었다.

"하하하, 보기보다 술이 약하시구먼."

그가 또다시 양푼의 술을 영주의 빈 잔에 따르며 말했다.

"조심하시오. 이 술 한 잔에 미쳐버린 사람도 있소. 하기야 도道가 바로 미친 것이지. 미치지 않고서야 어찌 도를 볼 수 있겠는가. 그러니 반야탕이지. 으하하하."

그의 웃음소리가 머릿속으로 들어와 공명했다. 머리가 터질 것만 같았다. 그러다가 섬뜩할 정도로 무서운 적막이 찾아들었다.

"더러 당신 같은 사람들이 있지. 출가는 못 하고 부처의 법이니 뭐니 하며…. 그러다 미치면 선사들의 도력을 좇아 나 같은 사람 만나러 다니기도 하고. 하하하."

'이게 뭐야?'

영주는 어느새 게슴츠레하게 풀린 눈으로 그를 노려보았다. 그의 얼굴이 일렁거렸다. 영주는 머리를 흔들다가 그대로 상머리에 이마를 찍으며 옆으로 나동그라졌다.

2
여기가 어디지?

분명히 집은 아니었다. 그래, 움막에 왔었지. 눈을 뜨고 일어나 주위를 둘러보았다. 역겹고 냄새나는 모습이 그대로였다. 영주는 기다시피 움막을 나섰다.

움막 밖 잎이 무성한 후박나무 밑동에 오줌을 갈기고 있던 그가 돌아보았다.

"하이고, 염치도 좋지."

"벌써 해가 지고 있네예."

"내려가시오. 여긴 잘 곳도 없으니까."

"속이 말이 아닙니더."

그는 부르르 치를 떨면서 바지를 올렸다.

"그건 댁의 사정이고."

"속풀이할 거 좀 없습니꺼?"

그는 기막힌 듯한 표정으로 영주를 바라보았다. 영주 역시 지지 않고 그를 똑바로 바라보았다. 그대로 물러날 수 없다는 생각이었다.

"거 술 한번 고약합디더."

영주는 그를 잠시 쳐다보다가 시선을 거두며 말했다.

"원, 별 종자를 다 보겠군."

그는 침을 내뱉듯 한마디하고는 횅하니 움막 속으로 사라져버렸다. 영주는 잠시 서 있다가 움막 안으로 따라 들어갔다. 술상 앞에 몸을 누이던 그가 영주를 보고는 다시 일어나 앉았다.

"아직도 안 갔어? 아니 왜 이러는 거야?"

"속이 아파 미치겠심더. 술을 먹였으니 속을 풀어주어야 할 낀데…."

"날 우습게 보고 엉겨붙는 모양인데…. 돈 떨어져 돌아치는 비렁뱅이 아니야?"

"어디로 봐서 내가 거지 같습니꺼?"

"암튼, 여긴 먹을 것이 없어."

"먹고는 살 거 아닙니꺼?"

먹을 게 없다니 말이 되냐는 소리에 그가 손을 들어 움막 뒤 산을 가리켰다.

"내 식량은 산에 있어."

"산에 있다고요?"

"그래, 산."

"산에 뭐가 있단 말입니꺼? 아하, 산에서 나는 열매나 나무뿌리 같은 거?"

"아니야."

그가 가소롭다는 듯이 피식 웃으며 대답했다.

"예?"

"그건 음식이 아니지. 어떻게 사람이 열매만 먹고 살아."

"그럼 뭡니꺼?"

"몰라도 돼. 어서 내려가라니까!"

"에헤이, 와 이러십니꺼?"

"거 젊은 사람이 귓구멍이 막혔나? 웬 생떼야, 생떼가?"

"이제 말까지 탕탕 놓으면서. 좀 전부터 아랫사람 대하듯 해대는데 그건 아니지예. 그래도 손님인데….'"

"뭐? 손님 같아야 손님이지. 그러니까 내려가란 말이오, 날 저물기 전에."

"아직 물어볼 말도 있고 그리는 못합니더. 그라고 속을 좀 풀어야지 이대로는 내려가기도 전에 엎어지고 말 낍니더. 객지 귀신 되면 스님이 초상 치러줄 것도 아니고."

"그러니까 초상 치르기 전에 내려가란 말이야."

"어? 또 말 놓네. 언제 봤다고."

"그러니까 내려가쇼. 대갈통에 소똥도 안 벗겨진 것이 웬 생떼야."

"그러지 말고 산에나 같이 가입시더."

영주의 눙치는 소리에 놀라 그가 눈을 크게 떴다.

"산엔 왜?"

"먹을 게 산에 있다면서예?"

"나 원 살다 보니 별⋯."

그러면서 그는 벌렁 자리에 드러누웠다.

영주가 나갈 생각을 않고 버티고 서 있자 그는 상을 덮었던 신문을 당겨 딴청을 부리다 부아가 치미는지 벌떡 일어났다.

"진짜 해보겠다는 거야?"

정말 화가 나 눈이 뒤집힐 지경이었다.

"와 그랍니꺼?"

영주가 능글맞게 물었다.

"정말 산에 갈 수 있다고?"

"먹을 것이 거 있다면서요?"

"좋아."

그가 벌떡 일어났다.

"그럼 내 먹여주지. 죽든 살든 어디 한번 해보자고. 도망만 가봐라. 아주 죽여놓을 테니."

그는 밀치듯이 영주를 지나쳐 움막 밖으로 나갔다. 영주가 따라 나가니 그가 아무렇게나 던져놓았던 부대 하나와 어디서 꺼내왔는지 끝이 굽은 쇠갈고리를 들고 서 있었다.

"따라와."

그는 명령하듯 내뱉고 홱 몸을 돌려 앞장섰다.

"또 말 놓네. 남아가 열다섯이 넘으면 천하를 호령한다는

데 어디를 봐서 내가 애 같은지 모르겠네."

영주가 뒤따르며 투덜거렸다. 그는 어이가 없어 하하하 웃었다.

"예, 상전 나리, 어서 따라오십쇼."

"진작 그래야지."

"에이, 젠장할. 새파랗게 젊은 놈이 뭐 할 짓이 없어서…. 에이…."

그가 칵 하고 침을 뱉었다.

영주는 어디를 가는지도 모른 채 죽자고 그를 따라 험한 산길을 걸었다. 석양이 아름다웠다. 산에서는 해가 일찍 진 다니 이곳도 마찬가지일 터였다.

그가 가끔 해를 바라보았다. 아마도 산을 내려갈 시간을 계산하는 것 같았다. 갑자기 그의 걸음이 빨라졌다.

"도대체 어딜 가는 깁니꺼?"

"따라오면 알 테니 입 좀 다물어."

"이러다 돌아가지 못하는 거 아닙니꺼?"

"못 돌아가면 아무 데서나 자면 되지 뭘 걱정이람."

바위가 촘촘하게 서 있는 곳을 오르던 그가 갑자기 멈췄 다. 작은 가마솥만 한 돌덩이 하나가 수풀에 싸여 있었는데 앞이 이상하게 들려 있는 모습이었다. 그는 무슨 낌새를 느졌는지 바위 앞에서 잠시 서성이다가 '쉭쉭' 하고 휘파람도 아닌 이상한 소리를 내더니 부대와 쇠꼬챙이를 놓고는 영주를 불렀다.

"이 바위를 밀자고."

영주는 멀뚱히 그를 쳐다보았다.

"와요?"

"밀라면 밀 것이지."

"와 밀어야 하냐니까요?"

"해보면 알 거 아니야."

"나 원 참. 뭐가 있다는 긴지 모르겠네. 바위 밑에 먹을 거라도 숨겨놓았다는 기야, 뭐야."

그가 먼저 바위 앞을 들고 밀었다. 그는 바위 뒤로 가는 영주를 손짓으로 불렀다.

"뒤쪽엔 손을 넣지 말고 이리로 와. 밑으로 손을 넣지 말고 쳐들린 바위 턱을 잡으란 말이야. 하나 둘 셋 하면 그대로 들어서 밀어."

그가 시키는 대로 하니 바위가 밀려 뒤집어졌다.

"으악!"

뒤집힌 바위 밑 땅바닥을 내려다보다가 영주는 그만 비명을 지르며 엉덩방아를 찧고 말았다. 그 바람에 엉켜 있던 뱀 한 마리가 숲속으로 몸을 숨기려다가 영주를 향해 무서운 기세로 달려들었다.

카악. 날카로운 송곳니가 드러난 시뻘건 입이 순식간에 영주에게 달려들었다.

그때 그의 손이 날쌔게 뱀의 목을 틀어쥐었다.

"이놈, 어림없다. 어디 나의 귀한 손님을."

그의 손에 들린 살모사는 눈 깜짝할 사이 부대 속으로 들어갔다. 사람의 손놀림이 아니었다. 그는 뒤엉켜 있다가 숲으로 사라지는 살모사들을 하나하나 쇠꼬챙이로 잡아 부대에 담았다.

순식간에 부대의 반이 채워졌다. 그는 놓친 뱀까지 추적해 깔끔하게 부대에 담고서야 영주를 쳐다보았다. 그러다가 후하하하 하고 웃어댔다.

"아하, 이 양반 오줌을 싸지 않았는가!"

'엉?'

영주는 자신도 모르게 가랑이 사이를 내려다보다가 그만 사색이 되고 말았다. 살모사가 입을 벌리고 달려든 순간 오줌을 질금 싸버린 모양이었다.

3

체면이 말이 아니었다. 큰소리치다가 이게 뭔가. 그가 내어준 때에 전 바지를 입고 개울가로 나가 속옷과 바지를 빨았다. 얼음장 같은 물에 빨래를 하고 움막으로 돌아와 햇빛 좋은 넓적한 바위에 너는데 껍질 벗긴 뱀들이 놓여 있었다.

장작불에 뱀을 구우니 노릇한 냄새가 났다. 그는 연신 재밌다는 듯이 허허거렸다.

"어떡하나. 바짓가랑이가 젖어 산을 내려가지 못하게 생겼으니."

영주는 구운 뱀을 받아들었지만 먹을 엄두가 나지 않았다.

"뱀을 한 번도 안 먹어봤다고?"

"그렇심더."

"허허, 정력에는 이것 이상 없는디."

"혼자 살면서 정력 타령은. 그거 쎄서 여기서 뭐할 겁니꺼?"

"그래도 골골거리는 것보다야 낫지. 아침에는 뜨는 해, 밤에는 휘황찬란한 달빛과 교미하고 세상이 내 것인데 뭘 가려."

"정말 부처가 따로 없네."

"부처가 따로 있다면 우리에게 왔겠는가. 그러니 얼른 한

점 하시게. 아, 뱀장어 먹어보았을 거 아니오? 그거라 생각하고."

배도 고픈 참이라 에라 모르겠다 한 점 씹어보니 뱀장어에 비할 맛이 아니었다. 석 잔 술과 댓 마리 뱀으로 배를 채우고 나서야 술판이 끝났다.

"늦게 배운 도둑질에 날 새는 줄 모른다더니…."

"먹을 만하네요."

새벽에 눈을 뜨니 그가 보이지 않았다. 이 화상이 어딜 갔나 하고 밖으로 나가보니 그가 오줌을 갈기던 나무 밑에 팔짱을 낀 채 옹송그리고 앉아 있었다.

"거기서 뭘 하오?"

영주가 묻자 그가 고개를 돌렸다.

"새벽 달빛이 하도 기가 막혀서."

영주는 둥그렇게 솟아오른 달을 바라보며 중얼거렸다.

"내 고향에서 보는 달과 똑같네."

그가 멍하니 달에 시선을 붙박은 채 뇌까렸다.

"그래서 뛰어봤자 부처님 손바닥인 게야."

"뛰어보기나 했어야지예."

"한 아이가 있었소."

이번에는 영주가 쪼그리고 앉았다. 그의 음성이 들려왔다.

도시락도 못 얻어먹을 만큼 가난했던 아이는 열 살 때 어머니에게 이끌려 한 스님에게 맡겨졌다. 그가 바로 경허 스님이었다.

어느 날 경허 스님이 만공 사형과 관섭을 불렀다. 방 안으로 들어서자 스님은 그 둘에게 이렇게 물었다.

"노불용로爐不鎔爐요 화불연화火不燃火라, 화로는 화로를 녹이지 못하고 불은 불을 태우지 못하는 법이요, 수불세수水不洗水요 지불지촉指不指觸이라, 물이 물을 씻을 수 없고 손가락이 스스로 제 손가락을 만질 수 없으니 이 도리를 알겠느냐?"

그 질문은 그날부터 만공과 관섭의 화두가 되었다.

그 후로 스승은 술과 고기에 탐닉할 뿐 이 화두에 관해 한마디도 하지 않았다. 만공과 관섭이 화두에 진력하는 동안 스승은 오직 고기와 술심부름만을 시켰다. 관섭은 산에서 나무를 하고 심부름이나 다니는 승가 생활에 점점 회의를 느꼈다. 그날도 마을로 내려가 탁발을 했지만 사정이 좋지 않아 고기와 술을 사지 못했다. 그는 새벽에 초롱을 들고 개울가에 가 만공 사형에게 말했다.

"우리가 왜 이렇게 사는지 모르겠습니다."

만공이 눈을 치떴다.

"무슨 말이냐?"

"만날 고기와 술심부름에…."

"어허!"

만공은 관섭과는 달리 군말 없이 스승을 받들었다.

하루는 만공이 스승에게 물었다.

"스승님, 참선에만 들면 헛것이 보입니다. 이 혼침을 어떻게 해야 할지 모르겠습니다."

"이놈아, 달이 네놈 등뒤에 있지 않으냐."

스승의 말이 떨어지기가 무섭게 만공이 미친 듯이 웃으며 온 산을 뛰어다녔다. 그러고는 돌아와 둥근 원을 하나 그려 스승에게 바쳤다. 그것을 받아본 스승이 이렇게 말했다.

"만공월면滿空月面의 경지가 개심開心을 초과했다."

그때부터 만공은 일원상을 품에 지니고 다녔다. 관섭은 만공이 도대체 무엇을 깨달았는지 그 경지를 알 수 없었다. 그랬으니 그 후로도 깨침을 얻지 못한 관섭은 언제나 고기와 술심부름을 도맡아야만 했다.

어느 날 관섭이 탁발 후 빈손으로 돌아오자 스승이 심하게 나무랐다. 어떻게 저런 인간을 깨달은 자라 할 수 있을까. 온몸에서 화가 일어나고 주먹이 부들부들 떨렸다. 스승을 죽이고 싶은 마음까지 들었다.

다음 날 관섭은 탁발한 돈으로 고기와 함께 비상을 샀다. 그러곤 고기에 비상을 뿌려 스승의 술상에 올렸다. 그러나 스승은 다 안다는 듯 비상을 탁탁 털어내고 먹었던 것이다.

"그길로 산을 내려왔소. 나중에 들으니 만공 사형이 고기를 구해 구워 먹였다 합디다. 다리를 절고 있었는데…. 그때 왜 살생이 금지된 시대에 살았다는 우파사나 여인이 생각났는지 모르겠소. 도가 궁극이 되면 그리 되는지…."

"우파사나 여인?"

영주는 자신도 모르게 되뇌었다. 영주를 쳐다보던 그가 입꼬리가 찢어지도록 웃었다. 그는 묻는 말에는 침묵하다가 이내 말을 이었다.

"암튼 그 후 얼마 안 돼 스승이 돌아가셨고, 나는 이리저리 세상을 떠돌다가 이곳으로 온 것이오."

"그럼 그 후 만공 스님을 만나지 못했습니꺼?"

우파사나란 여인이 궁금해 물었는데 관섭은 고개를 끄덕이다가 눈을 반짝이며 말했다. 이미 다 알고 있다는 표정이었다. 만공의 행방을 묻기 위해서가 아니라 스승을 죽이려한 자의 꼬락서니를 보기 위해 왔다는 것을.

"예전에 그런 이들이 더러 있었다오. 내게는 개망나니 스승이었을 뿐인데 그 양반의 명성을 믿고 날 보러 오는 자들이…. 하지만 나는 아직도 스승이나 만공 사형의 경지를 모르겠소."

그런 후 그는 일어나버렸다.

다음 날 영주는 아직 마르지도 않은 바지를 입고 집으로 돌아왔다. 헤어지면서 하던 그의 말을 좀처럼 잊을 수 없었다.

그 경지가 뭘까. 간절하게 듣고 싶은 대답이었는데 관섭처럼 영주도 도무지 알 수가 없었다.

'우파사나 여인은 또 뭐람?'

깨침이란 무엇인가

1

집으로 돌아온 영주는 관섭의 말을 되뇌며 수행을 해보았다.

"나는 지금도 '달이 네놈 등뒤에 있지 않으냐' 하시던 경허 스님의 말뜻을 모르지만 그동안 깨달은 것은 있지."

"그기 뭔데예?"

"참선은 선도仙道의 수행법과 매우 닮았지. 선도는 인체를 천지인天地人 삼합三合의 집합체로 보거든. 머리는 하늘이고 다리는 땅이며 몸통은 사람이다. 하늘은 마음[心]으로서 불을 주장하고, 땅은 오장의 하나인 콩팥[腎]으로서 물[水]을 주장한다. 천기天氣와 지기地氣는 양기陽氣와 음기陰氣요, 화기火氣와 수기水氣가 화합하는 곳을 단전이라 한다. 이 단전에 기운이 생기면 임동맥을 따라 돌다가 양 신장을 중심으로 소장에 의지하게 된다. 그러고는 그 기운의 덩어리가 한곳에 모이면서 생명력으로 작용한다. 그것이 바로 모든 힘의 원천적인 자리다. 그러므로 단전을 발달시키면 본래 받아 나온 기운이 모습을 드러내는 것이다. 그래서 수행자는 단전 호흡을 해야 한다. 이때 우주의 기운이 아랫배까지 저절로 들어오도록 단전을 비워두어야 한다. 그래야만 우주의 생명력이 들어올 여력이 생긴다. 좌선할 때는 단전을 의식하지 말아보게. 행여 모르지, 혼침이 사라질지도….”

영주는 수행에 들 때마다 관섭의 말을 떠올렸다. 선도는 아니다 싶다가도 가만히 생각해보면 불교의 참선이 선도에서 전래된 것이니 일리가 있었다.

단전을 의식하지 않고 그곳에 기운을 가득 채우지 않아서일까? 점차 마음이 평온해지더니 정말 혼침이 사라져버렸다.

‘옳거니. 이것이로구나.’

그제야 영주는 물리物理가 터졌고, 본격적으로 절에 들어가 수행하고 싶다는 생각을 했다. 아내의 출산이 머지않았으니 그 전에 가고 싶었다. 집에서 칠십여 리 떨어진 대원사가 좋을 것 같았다. 널리 알려진 선찰禪刹이어서 마음에 들었다.

머리를 깎지도 않았지만 영주는 그저 수행할 생각으로 대원사 탑전을 찾아갔다. 대원사는 해인사의 말사로서 가야산 천혜의 풍광 속에 자리하고 있었다. 신라 진흥왕 때 창건했다던가. 처음엔 평원사라 부르다 조선 숙종 때 운권雲捲 선사가 대원암이라 개칭한 곳이다. 고종 때는 구봉혜흔九峰慧昕 선사가 대원사라 개칭했다.

사십 대의 주지가 이해가 안 된다는 표정으로 영주의 위아래를 훑어보았다. 머리를 깎지도 않고 바랑 대신 심마니가 삼 캐러 다닐 때 메는 주루막 하나를 멨으니 그럴 만했다.

"무슨 소리를 하는지 모르겠네. 탑전에 들겠다고…?"

"왜 안 됩니까?"

영주는 사투리를 감추려 애쓰며 물었다. 주지는 요령부득의 이 사내를 어떡해야 하나 난감한 표정으로 쳐다보았다.

"그러니까 스님도 아닌 사람이 탑전에 들겠다고?"

"그렇다카이. 그래서 이래 온 거 아니오."

자신도 모르게 거친 사투리가 튀어나왔다.

"이보시오. 여기가 어딘지 알고나 찾아왔소?"

"여기가 어디라니? 대원사 탑전 아니가. 소문에 들으니 수도하기가 여가 제일 좋다 캐서 온 기라."

"기가 막혀 말이 안 나오네. 탑전이 어디 놀이터인 줄 아나? 수도장이야, 수도장."

"그래, 수도하러 왔다 안 카나."

"아니 지금 말장난하자는 것이야?"

"뭐가?"

공손해야 한다고 생각하면서도 자꾸 말길이 빗나갔다.

"글쎄 스님이 아니면 안 된다니까."

그가 영주의 행색을 아래위로 다시 한번 훑어보았다. 어느새 입꼬리에 조롱기까지 있었다.

"보아하니 양반댁 자제 같은데…."

"스님 아닌 거는 맞지만 왜 안 되는데?"

"뭐라고?"

"느그들도 여서 수행하고 안 있나."

주지의 눈이 뒤집혔다.

"이 사람이 지금 무슨 소릴 하나?"

"머리 깎고 중옷 입어야 입장이 된다메? 그래 느그들은 머리 깎고 중옷 입었다 그 말이가?"

"뭐야?"

"그람 뭐하노. 니도 처자식 있제?"

"뭐라고? 니라니? 보아하니 나이도 얼마 안 된 듯한데…."

주지는 영주의 막말에 눈을 부라리고 씩씩거렸다. 영주는 한술 더 떴다.

"마누라하고 애들 낳고 사는 기 무슨 중이고? 내하고 다른 기 뭐 있노. 머리털 깎고 중옷 입었다 뿐이지. 어데 내 말이 틀렀나?"

"아니 이 자식이…."

그때 지나가던 스님이 끼어들었다.

"주지 스님, 와 그라십니까?"

"이 자식 말하는 거 좀 들어봐라. 새파란 게 별소리를 다 하는구나."

사태를 짐작한 젊은 스님이 영주를 밀어냈다.

"거사님, 이라믄 안 됩니더. 마, 돌아가이소."

간혹 이런 경험을 했는지 그가 노련하게 영주를 밀어냈다. 영주는 그의 손을 뿌리쳤다.

"봐라, 이거."

"가이소. 좋은 말로 할 때 고마 가이소."

영주는 그렇게 쫓겨나 사하촌으로 내려왔다. 오기가 생겨 그대로 돌아갈 수 없었다. 주막 봉놋방에서 하룻밤 자고 다시 대원사로 올라갔다.

"이 사람 정말 와 이라노?"

주지 스님이 아니라 어제 영주를 막아섰던 젊은 스님이 나왔다. 옥신각신하는데 이번에는 마흔 정도로 보이는 귀공자 같은 스님이 다가왔다.

"아, 주지 스님!"

젊은 스님이 그를 알아보고 멈칫했다.

영주는 주지 스님이란 사람을 멀거니 쳐다봤다. 어제 그 사람이 아니었다.

"스님, 죄송합니다. 오시자마자…."

밤새 주지가 바뀐 것이다. 자초지종을 들은 주지가 영주를 방으로 데려갔다.

"그러니까 일본에서 돌아오신 지 얼마 안 되었다고요?"

"맞다카이. 좀 돌아다녔지. 그란데 《서장》보다 나은 것도 없더라고요."

"예?"

"책으로 볼 때는 일본 사회가 엄청난 거 같드마는 별 볼일 없다카이. 그래서 돌아와버렸지. 역시 《증도가》나 《서장》만 한 세계가 없어요. 《서장》에서 화두 하나 얻었다 아니요."

"화두요?"

"맞다. 개를 한 마리 골라잡았거든."

"개요?"

"조주 말입니더."

"아! 조주 선사의 구자무불성狗子無佛性요?"

주지가 비로소 알아채자 영주는 환하게 웃었다.

"맞다. 그기다. 그람 거도 개가?"

"예?"

"그람 우째 아요?"

그제야 말뜻을 알아들은 주지 스님이 "와하하" 하고 웃었다.

"맞습니다. 《서장》은 구자무불성 화두를 권하지요. 저도 개입니다."

"맞다. 개 잡을라고 여 왔다 아니가."

주지가 고개를 끄덕이며 또 웃었다.

2

그렇게 대원사 시줏밥을 먹게 된 영주는 그곳에서 엉덩이가 짓무르게 선방 생활을 맛보았다.

가만히 보니 도반들은 문을 걸어놓고 참선했다. 가끔 호랑이가 산에서 내려와 사람들을 해치기 때문이었다.

"그래요?"

그때부터 영주도 호랑이 밥이 될까 봐 밤에는 무서워서 나가지 못하고 문을 꼭꼭 걸어 잠근 채 수행 정진했다.

어느 날이었다. 여느 때처럼 문을 걸어 잠근 후 참선하고 있는데 갑자기 이런 생각이 들었다.

'내가 뭐 땜에 이리 겁을 먹고 있노?'

언제 나타날지 모르는 호랑이가 겁나 떨고 있는 꼴이라니…. 참 못나고 우스웠다. 잡아먹힐 때는 먹히더라도 겁내지 말아야겠다 생각했다.

그 뒤로는 방문을 활짝 열어놓고 수행했다. 하루, 이틀, 사흘이 지나도 아무 일 없었다. 더는 호랑이를 겁내지 않게 되어 낮이나 밤이나 마음대로 쏘다녔다.

사십이 일 만이었다. 참선에 든 지 꼭 사십이 일 만에 동정일여動靜一如가 이루어졌다. 앉으나 서나, 말을 하거나 심지어 묵언할 때나, 조용하거나 시끄럽거나 상관없이 머릿속에 화두만 가득했는데 나중에야 그것이 동정일여의 경지라는 것을 알았다.

그러고 나니 부지런히 참선하면 도인이 되겠다 싶었다.

출가

1936년 초, 대원사에서 스님도 아닌 사람이 동정일여를 이뤘다는 소문이 나자 해인사에 있던 최범술, 훗날 문교부 장관까지 지낸 김법린이 찾아왔다. 그들은 영주에게 해인 사로 구도처를 옮기라고 권유했다.

"내가 뭐 했다고 이러는지 모르겠네."

그러면서도 은근히 욕심이 생긴 영주는 그들을 따라나 섰다.

해인사로 가자 고경古鏡이란 스님이 주지를 맡고 있었다. 방을 하나 내어줄 줄 알았는데 원주 스님이 반대했다. 영주 가 중이 아니라는 게 그 이유였다.

한눈에 영주의 경지를 알아본 고경 스님이 시키는 대로 하라며 원주 스님을 나무랐다.

드디어 선방을 하나 차고앉았다. 하루는 조선 불교계의 불모佛母나 다름없는 동산혜일東山慧日 큰스님이 들렀다가 고경 스님의 말을 듣고 영주를 불렀다. 동산 스님은 충청북도 단양 사람으로 범어 문중의 대주였다. 판사 출신 효봉曉峯과 청담靑潭 등 몇몇 스님이 설악산 봉정암에서 안거한 후 백련암에 머물고 있다가 영주가 동정일여를 이루었다는 말을 들은 것이다.

영주가 고경 스님 방으로 들어서자 기다리고 있던 동산 스님이 물었다.

"아직 정식으로 출가하지 않았다면서?"

"출가할 맘 없다는데 자꾸 가보자고 해서…. 도를 이루는 것이 중요하지 형식이 무슨 소용이겠능교."

영주의 말에 동산 스님이 웃었다. 설법이라고 하면 조선 제일로 추앙받는 동산 스님이었다. 근기가 제법이라는 생각이 들었다.

동산 스님이 물었다.

"아직도 출가할 마음이 없나?"

"그렇심더."

"왜?"

"뭐 참선 잘하면 그뿐이지 출가는 무슨…."

그 말을 듣고 동산 스님은 문득 스승 용성龍城 스님이 들려준 한 청년의 이야기가 생각났다.

용성 스님이 경기도 양주 망월사의 조실로 있을 때였다. 대오견성大悟見性을 하자는 기치 아래 전국에서 발심發心한 수좌 삼십여 명이 모여들었다. 삼십 년 결사였다. 어느 날 지금의 영주 같은 청년이 용성 스님을 찾아왔다. 청년은 보따리를 하나 가지고 있었다. 그에게 용성 스님이 물었다.

"출가를 하겠다고? 그럼 머리를 깎아야지."

"꼭 머리를 깎아야 합니까? 수행만 열심히 하면 되지."

"옆에 놓인 것은 뭔가? 보아하니 옷 보따리는 아닌 것 같은데?"

청년은 본능적으로 보자기를 뒤로 숨겼다.

"아무것도 아닙니다."

용성 스님이 예사롭지 않다는 듯 다시 물었다.

"아무것도 아니라니?"

그제야 청년은 슬며시 보자기를 무릎 앞에 놓았다. 용성 스님이 보자기를 보다가 "뭔가?" 하고 물었다.

"칼입니다."

"칼?"

용성 스님이 트인 음성으로 다시 물었다.

"칼이라니?"

청년이 고개를 떨구었다. 뭐라고 설명해야 할지 난감한 표정이었다.

잠시 후 청년이 입을 열었다. 어릴 때부터 지니고 다니는 것이라고 했다. 가문의 9대조가 임종 시 아들에게 서찰을 주며 훗날 12대 장손에게 전하라고 했다는 것이다. 절대로 열어봐선 안 된다고 당부하며.

12대손의 아버지가 정적의 모함에 걸려들어 죽을 운명이 되었다. 아버지는 면회 온 아들에게 9대조께서 너에게 남긴 것이 있다고 말했다. 서찰은 12대 장손에게 전해졌다.

포도청에서 사건을 조사해보니 아들도 관련이 있었다. 포졸들이 아들마저 체포했다.

아버지가 포도장에게 간청했다.

"저희 9대조께서 서찰 한 통을 12대 장손에게 남기셨습니다. 죽기 전에 열어보라고 하셨으니 그걸 보게 해주십시오."

죽음을 앞둔 마당에 그조차 못 들어주겠냐며 포도장이 부하에게 그 서찰을 가져오라고 했다. 12대손이 서찰을 열어보니 그 속에는 이런 글귀가 있었다.

王要拒 丁丑年 丁丑月 甲子日 丁午茶

왕은 정축년 정축월 갑자일 정오에 차를 거부하라.

'도대체 이게 무슨 소린가?'

포도장이 기이하게 생각하고 임금을 알현하여 아뢰었다. 임금이 고개를 갸웃갸웃하며 포도장에게 물었다.

"바로 내일 아닌가?"

"그러하옵니다."

"정오에 나오는 차를 들지 마라?"

"그렇사옵니다."

"허허, 희한한지고."

믿을 수도, 믿지 않을 수도 없었다. 임금은 잠시 고민하다가 내일을 기다려보기로 했다.

다음 날 낮에 왕비가 특별히 차를 내왔다.

"어쩐 일이오?"

요소요소에 친정 식구들을 앉혀놓고 눈이나 흘기던 왕비였다. 평소 안 하던 행동을 하는 게 수상해 왕이 물었다.

"천축에서 좋은 차가 들어왔기에 직접 내왔습니다. 향이 아주 그럴듯하옵니다. 드셔보시옵소서."

왕비는 아무렇지도 않게 자기 앞에 놓인 차를 한 모금 마셨다. 눈을 지그시 감고 음미하기까지 했다.

임금이 내금위장에게 시각을 물으니 정오라고 했다. 왕은 왕비가 한눈을 파는 사이에 왕비의 찻잔과 자신의 찻잔을 바꿔버렸다. 그러고는 시치미를 떼고 차를 음미했다. 왕비는 찻잔이 바뀐 줄도 모르고 웃으며 차를 들었다.

잠시 후 왕비가 그 자리에서 피를 토하며 쓰러졌다. 간신들의 음모가 드러나는 순간이었다.

임금은 자신을 독살하려 했던 무리를 찾아 벌하고 12대손을 살려주었다. 그리고 한 고을의 사또로 임명했지만 12대손은 끝내 벼슬을 마다했다. 그는 절에 들어가 수행하며 사하촌 사람들을 위해 농기구를 만들어 나눠주었다.

세월이 흐르고 12대손은 임종 직전 자신이 가지고 있던 칼 한 자루를 아들에게 물려주면서 이런 말을 남겼다.

"이 칼을 자손 대대 전하라."

그 후 칼은 가보로 대대손손 이어져 마침내 청년의 손에까지 전해졌다. 칼은 언제나 청년 곁에 있었다. 행여 먼 길을 떠나게 되면 청년은 칼을 꼭 짐 속에 넣어 다녔다. 조상들이 칼을 자손들에게 전한 이유가 있고, 무엇보다 그 칼이 자신을 지켜줄 것이라 생각했다. 그래서 집을 나설 때마다 언제나 습관적으로 칼을 지니고 다닌 것이다.

"거참 이상하구먼?"

참 별스럽다는 듯이 용성 스님이 고개를 갸웃하며 말했다.

"거 한번 볼 수 있겠는가?"

청년이 용성 스님에게 보따리를 건넸다. 용성 스님이 보자기를 풀고 마주한 칼은 그 형상이 예사롭지 않았다. 용성 스님은 칼을 잠시 뚫어지게 보다가 집어 들었다. 황금빛으로 빛나는 칼집의 위용이 눈부셨다. 마치 창호지의 문구멍을 통해 들어온 황금빛 햇살이 찬란하게 칼집을 비추고 있는 것 같았다. 용성 스님이 들고 이리저리 살피는 사이에도 칼집에 새겨진 용들이 서로 뒤엉키며 꿈틀거리는 듯했다.

용성 스님이 칼을 빼 들었다. 정확히 석 자 두 치의 시퍼런 검신이 모습을 드러냈다. 외날의 검이 아닌 양날의 검. 때마침 창호지로 흘러들어온 빛살에 번쩍하고 검신이 부서졌다. 검날 양면에 검은빛으로 음각된 용이 여의주를 입에 물고 있었는데 그곳에 황금빛 햇살이 닿았다. 은빛으로 빛나는 칼을 요리조리 살피던 스님의 시선이 하단에 음각으로 뚜렷하게 박힌 문자에 가서 멎었다.

용성 스님은 고개를 갸웃했다.

"이곳 글은 아닌 거 같네."

스님은 혼자 중얼거리다가 이내 누군가를 불렀다. 대답

소리가 들리고 젊은 스님이 달려왔다.

"범어 공부를 한 적이 있다고 했지?"

"예, 조금 했습니다."

"그럼 이 칼에 새겨진 글을 좀 보려무나. 아무래도 거기
말 같으니…."

키가 훌쩍 크고 비쩍 마른 젊은 스님이 들여다보다가 고
개를 끄덕였다.

"아디카야라는 말입니다."

"아디카야?"

용성 스님이 되뇌었다.

"법의 칼이라는 뜻이지요."

"법의 칼이라?"

"부처의 칼이라는 뜻입니다."

옆에 있던 한 늙은이가 중얼거리며 거들었다.

"예, 그렇다고 알고 있습니다. '아디'와 '카야'를 합친 말
로 순수하다는 뜻입니다."

"그러니까 부처의 법, 그 법만이 순수하다는 뜻인가?"

"맞습니다. 원뜻은 다르마카야, 즉 진리의 몸이라는 뜻이
니까요."

"다르마카야? 그럼 취모리검이 아닌가?"

젊은 스님이 크게 고개를 끄덕여 동의했다.

"맞습니다. 취모검이라고도 하지요."

"흐흠."

젊은 스님이 나간 뒤 용성 스님이 청년에게 물었다.

"이걸 언제부터 지니고 있었는가?"

"저희 집안의 가보입니다."

"그래?"

"조선시대에 임금님이 하사하신 것으로 알고 있습니다."

용성 스님이 이해했다는 듯 고개를 끄덕였다.

"조상님들이 대단하셨나 보군. 하기야 오래전부터 천축과 교류가 있었으니 그 덕분에 흘러들어 왔는지도 모르지. 그래 언제부터 내려왔는가?"

"12대조 할아버지께서 남기셨다고만 알고 있습니다."

"무얼 하시던 분인지는 모르고?"

"만년에 불문佛門에 계셨다는 말은 들었습니다."

"흐흠."

용성 스님은 뭔지 알겠다는 듯 고개를 끄덕이다가 다시 물었다.

"그런데 출가를 하면서 왜…?"

왜 칼을 가지고 나왔느냐는 물음이었다.

"어릴 때부터 늘 지니고 있던 것이라⋯."

"부모님이 당부하셨나 보군."

"그렇습니다. 그럼 삿된 마음이 잘려나갈 것이라고⋯. 흉한 것들이 범접하지 못한다며⋯."

용성 스님이 하하하 웃었다.

"일종의 부적 같은 것이구먼그래. 부적치고는 너무 크지 않은가. 이순신 장군처럼 옆구리에 차고 다니지 그러나. 하하하."

용성 스님은 칼을 보자기에 올려놓고 앞으로 밀었다.

"부처의 부적이 맞긴 해."

용성 스님이 무슨 생각에서인지 고개를 끄덕이며 말했다.

"아디카야는 부처의 칼이니까⋯. 거짓을 잘라내고 무명을 베어내는 칼이니 귀신인들 범접하겠는가."

용성 스님이 칼을 본 느낌을 말하고는 넌지시 청년의 동정을 살폈다. 그러다가 이내 말을 이어나갔다.

"모진 사연이 있는 것 같지만 잘 간직하시게. 그 칼이 그대의 방일을 용서하지 않을 것이니⋯. 허어, 화두가 따로 없구먼그래."

용성 스님은 그렇게 말하고 청년을 받아들였다.

그런데 다음 날, 뜻밖에도 청년의 모습이 보이지 않았다.

칼을 조실의 방문 앞에 놓고는 나타나지 않았던 것이다.

며칠 후 법상에 앉은 용성 스님이 대중에게 일렀다.

"어제 임제의현臨濟義玄이 내게로 와서 칼 한 자루를 던져 주고 갔다. 일찍이 부처님이 전해준 칼인데 오늘 내게 이르렀으니 이 도리를 알겠는가?"

임제의현이라면 육조혜능의 대를 이은 사람이다. 선의 검객으로 유명한 그가 와서 칼 한 자루를 주고 갔다는 것이다.

그 말에 대중이 모두 얼어붙었다. 용성 스님이 누구인가. 절대로 헛소리를 할 사람이 아니다. 더욱이 이 절의 조실이 아닌가. 그 아래로 선덕인 석우石友 스님과 입승인 운봉雲峰 스님이 멋진 회상을 열어 정진하고 있는 마당이었다.

그때 객기 가득한 젊은 승 하나가 벌떡 일어났다.

"간밤에 구렁이가 담을 넘어갔습니다."

용성 스님이 눈을 감았다.

"흙벽 속으로 몸을 감췄습니다."

밀양 표충사의 대주 스님이 일어나 대답했다.

"부처님의 칼이 이제야 당도했습니다."

한 노스님이 일어나 소리쳤다.

용성 스님은 말없이 일어나 조실방으로 들어가버렸다.

다음 날, 대답했던 세 사람이 조실방으로 들어가니 용성 스님 앞에 그 칼이 놓여 있었다. 용성 스님이 눈을 반개하고 그들에게 물었다.

"이게 무엇인가?"

이제야 부처님의 칼이 당도했다고 대답했던 노스님이 칼을 들어 벽에 걸었다.

"이제 일체의 번뇌가 깨어지고 불성이 꽃필 것입니다."

이것이 용성 스님이 말했던 취모검에 대한 기억이었다.

잠시 생각에 잠겼던 동산 스님은 영주를 보자 자꾸 입가에 웃음이 물렸다. 예전에 용성 스님이 만났던 그 청년을 보는 것 같았다.

"재밌네. 출가할 생각이 있으면 백련암으로 놀러오시게."

다음 날 영주는 동산이란 스님이 예사롭지 않은 사람이라는 생각이 들어 백련암을 찾았다. 그런데 자신을 반갑게 맞아주기는커녕 동산 스님의 표정이 딴판이었다.

"하긴, 저잣거리의 고통받는 중생들을 건지지 못한 책임은 내게도 있으니 어찌 기어든 중생을 내쫓을 것인가. 오늘부터 나무나 하고 지내겠다면 있어보든지…. 아니면 산을 다시 내려가든지…. 글쎄, 여기 있는다고 해도 한 열흘이나 견딜까?"

영주는 혼잣말처럼 뇌까리는 그를 보며 참 별스러운 스님도 다 있다고 생각했다.

'오라고 할 때는 언제고….'

불모의 입

그렇게 해서 오게 된 백련암.

어느 날 동산 스님이 영주를 찾았다. 동산 스님은 달려온 영주에게 자리를 권하며 말했다.

"공부가 잘돼가는가?"

"열심히 하고 있습니다."

"세속의 습을 버리기가 그리 쉬운 일은 아니지."

동산 스님의 법문이 있다고 하자 큰절에 신도들이 구름 같이 모여들었다. 설법으로는 당대 제일이라고 소문난 스님이었다. 아무리 가난한 절도 그가 설법한다고 하면 삼 년 먹을 양식이 생긴다는 소문이 떠돌 정도였다. 그의 주장자가 법상을 탕탕 울렸다.

"여기 길이 있다. 아무도 그 길을 가르쳐주지 않는다. 그대 스스로 문을 열고 들어가야 한다. 그런데 그 길에는 문이 없다. 그리고 마침내 그 길 자체도 없다."

'지금 무신 소리 하노?'

지켜보고 있던 영주는 쇠몽둥이로 한 대 얻어맞은 느낌이었다.

그날 영주는 굳은 결심을 하고 마지막으로 부모님을 뵈러 갔다. 어머니는 아들이 돌아왔다는 소리에 버선발로 뛰어나왔다. 아버지도 사랑방 문을 열었다. 이제 과거의 아들로 돌아왔거니 기대했건만 수행자가 되겠다는 영주의 결심은 금강석처럼 단단했다.

"저도 사람 자식인지라 마지막으로 뵈러 왔습니다."

아버지의 몸이 뒤로 넘어갔다. 어머니가 쓰러진 아버지를 안으며 눈물을 흘렸다.

"니가 정말 미쳤구나."

아내 덕명이 부른 배를 안고 부엌 바닥에 쪼그리고 앉아 울었다. 영주가 일어나자 아버지가 소리쳤다.

"날 죽이고 가거라."

불심 깊은 어머니조차 울며 매달렸다.

"진짜로 머리를 깎는다 말이가?"

"용서하이소."

아버지가 눈이 뒤집어져 소리쳤다.

"아이고, 집안이 망했구나. 망할 놈의 석가가 기어코 내 아들을 잡아가는구나."

"영감…."

어머니가 비치럭거리며 일어나는 아버지를 안았다.

"안 된다. 석가야, 날 잡아가라. 내 아들 대신 날 잡아가라."

아버지의 고함을 뒤로하고 문밖을 나서면서 영주가 본 것은 울면서 남편을 바라보는 덕명의 눈물 젖은 얼굴이었다.

그런데도 홍류동계곡을 오르는 영주는 희망에 차 있었다. 그들의 사랑이 그렇게 지극하다 할지라도 분명 그 사랑이 감당치 못할 그 무엇이 여기에 있을 것 같았다. 이제부터 그 세상은 영주에게 새로운 환희를 안겨줄 것이었다.

어머니는 영주에게 늘 말했다.

"널 열아홉 꽃다운 나이에 가졌느니라. 너를 가지고 내 우쨌는지 아느냐? 고운 과일만 골라 묵었다. 험한 꼴도 보지 않았고 나쁜 소리도 듣지 않았다. 항상 바른 마음을 가졌으며 거짓말도 하지 않았다. 구석에 앉지 않고 바깥출입도 하지 않았다. 그렇게 세상에서 제일가는 아들을 달라고 빌었다."

그렇게 어머니는 배 속의 자식에게 희망을 가졌다. 할머니 또한 그랬을 것이다. 어디 맏아들에게만 그랬겠는가. 그렇게 이씨 가문을 댕댕이덩굴처럼 이었을 터였다.

그런데 그 새끼가 다른 세상으로 간다. 조상들이 그렇게도 적대시하던 세상이다. 이제 아버지는 유림에서도 배척될 것이다. 어떻게 서원이나 향교에 나갈 수 있겠는가. 이제 자식은 탁발 그릇을 들고 남의 집을 돌아다녀야 한다. 일찍이 사람의 도리를 가르쳤던 아들이 도리를 버리고 비렁뱅이가 되려고 산을 오르고 있다.

그렇게 생각하면서도 영주는 한숨 한번 내쉬지 않았다. 앞으로 그가 열어가야 할 세계는 분명히 축복받은 세계일 것이다.

그가 홍류동계곡을 오르는 사이 동산 스님이 지객 스님에게 말했다.

"오지 않을 모양이다."

"맞습니다. 천석꾼인지 만석꾼인지 하는 집안의 자식이 동냥아치질을 하러 오겠습니까."

"어허, 그놈의 입주댕이."

지객 스님이 동산 스님의 눈치를 보며 물러가자 입승 스님이 숨을 헐떡이면서 들어왔다.

"왔습니다, 왔어요."

뒤이어 영주가 방으로 들어섰다. 동산 스님의 눈이 환하게 열렸다.

"결심을 굳혔는가?"

영주가 자리에 앉자 동산 스님이 물었다.

"그래서 이렇게 오지 않았습니꺼."

"오호 선재善材, 선재라!"

이튿날 동산 스님이 부른다기에 영주는 그가 거처하는 방으로 들어갔다. 스님은 다정하게 방바닥을 손으로 톡톡 두들기면서 앉으라고 권했다. 영주가 앉자 동산 스님이 잠시 쳐다보다가 입을 열었다.

"이제 이름자를 짓자꾸나."

동산 스님은 그를 늘 지켜보고 있었다는 듯 그렇게 말하고 네모로 접어둔 화선지 하나를 방석 밑에서 꺼내놓았다.

"가서 풀어보아라."

영주가 스님의 방을 나와 화선지를 펼쳐보니 다음과 같은 두 글자가 갈겨져 있었다.

性徹.

순간 영주는 세속의 모든 인연이 그대로 끊어졌다는 생각을 했다.

동산 스님에게는 맏제자가 있었다. 속명은 유성갑, 법명은 성안이었다. 동산 스님은 처음부터 그가 중노릇보다는 정치에 관심이 많다는 걸 알고 있었다. 훗날 성안 스님은 환속하여 제헌 국회의원이 되었다. 그 바람에 성철이 나중에 동산 스님의 맏상좌가 되고 그렇게 용성 문중의 종자가 되었다.

하늘에 넘치는 큰일들은

붉은 화롯불에 한 점의 눈송이요

바다를 덮는 큰 기틀이라도

밝은 햇볕에 한 방울 이슬일세

그 누가 잠깐의 꿈속 세상에

꿈을 꾸며 살다가 죽어가랴

만고의 진리를 향해 모든 것 다 버리고

초연히 나 홀로 걸어가노라

彌天大業紅爐雪 跨海雄基赫日露

誰人甘死片時夢 超然獨步萬古眞

출가송 한 소절을 지어놓고 보니 그럴듯했다.

"지금 우리 불교는 일본의 식민지 정책에 의해 승풍僧風이 흐트러질 대로 흐트러져 있다. 우리는 승이니라. 승이라

112

면 행동을 어떻게 해야 하겠느냐? 피폐해진 이 땅의 불교를 구해내야 한다. 오로지 수좌답게 참선으로써 진리의 문을 열어젖혀야 한다."

스승 동산의 호령은 늘 추상같았다.

"열심히 수행에 임하겠습니더."

스승 용성에 버금가는 제자 동산의 기상은 하늘을 찔렀다. 그 스승에 그 제자였다.

백용성 스님은 전라북도 장수 출신이었다. 열여섯 살에 출가하여 해인사로 들어가 선종禪宗과 교종敎宗을 가리지 않고 정진했다. 삼일운동 때는 한용운 스님과 함께 민족 대표 33인으로 나섰다.

"사형, 왜 침묵으로 일관하십니까?"

어느 날 한용운이 백용성에게 속을 내보였다. 독립운동에 참여해달라고 간청해도 침묵하고 참선에만 몰두하는 백용성의 속을 도저히 헤아릴 수가 없어서 답답했다. 그래서 나온 시가 〈님의 침묵〉이었다. 님의 침묵에서 '님'은 나라를 잃은 조선과 부처님을 의미했다.

"오늘이 며칠이고?"

성철이 앞으로 어떻게 해야 할까 생각하는데 동산 스님의 음성이 들려왔다.

"예?"

"벌써 5월이니 하안거가 눈앞이지?"

"예, 그리 알고 있습니다."

성철의 대답에 동산 스님이 고개를 주억거렸다.

"범어사로 갈 것이다. 그곳 금어선원에서 하안거에 들지 않겠느냐?"

"예에?"

하안거 결제. 아무나 안거에 들 수 있는 것이 아니다. 대원사에 있을 때도 안거에 든 적은 없었다. 선방 하나 차지하고 들어앉아서 그냥 했던 공부다. 하안거 결제는 여름 한철 선원에서 오로지 참선으로 일관하는 정진을 말한다. 어찌나 규율이 엄한지 이력이 붙은 수좌들도 엄두를 못 내는 수행이다. 그런데 지금 스승이 결제에 임하겠느냐고 성철에게 묻고 있는 것이다.

"왜? 자신이 없나?"

동산 스님이 넌지시 물었다.

"아, 아닙니다. 한번 해보겠습니다."

"그래, 달려들어봐. 혹시 머리통이 터져나갈지도….."

성철은 동산 스님의 방을 나오면서 자신도 모르게 대원사 선방 시절을 떠올렸다.

결제

1

옛 동래현에서 북쪽으로 들어가면 금정산이라는 명산이 나온다. 신령스러운 기운으로 넘쳐나는 그 산의 정상에는 항상 마를 날이 없는 금빛 우물이 있었다. 그 속에 무지개를 타고 내려와 노는 범천의 물고기들이 있어 절 이름을 범어 사라 지었다.

범어사는 국찰國刹이었다. 임진왜란 때 왜구의 침략으로 불타 중건을 거듭했고, 근현대에 이르러서는 경허, 용성, 만해 등 기라성 같은 선승들이 선풍을 드날린 곳이며, 일제강점기 때는 구국 항쟁의 본거지이기도 했다. 당시 범어사에는 백용성 스님과 동산 스님이 주석하고 있었다.

출가 전 의사가 되려 했던 동산 스님은 스물네 살에 용성 스님의 뒤를 이어 수행자가 되었다. 경성의학전문학교를 다니면서 생의 무상함을 느꼈던 그가 처음 둥지를 튼 곳이 바로 범어사였다. 그는 개화의 물결을 받아들였고 선풍을 진작해 선찰대본산禪刹大本山으로서의 면모를 갖추는 데 온 힘을 기울였다. 금어선원은 언제나 대숲 바람이 머무는 곳이었다. 이곳에서 동산은 십오 년 만에 깨치며 금빛 같은 오도송을 터트렸다.

그림을 그리고 또 그린 것이 몇 해던가
붓끝이 닿는 곳에 살아 있는 고양이로다
하루 종일 창 앞에서 늘어지게 잠을 자고
밤이 되면 예전처럼 늙은 쥐를 잡는다네
畵來畵去幾多年 筆頭落處 猫兒
盡日窓前滿面睡 夜來依舊促老鼠

성철이 금어선원에 들어 하안거 결제를 한 것은 1936년 음력 4월 15일이었다. 하안거에 든 수좌는 사십여 명이었다. 신청자가 많았으나 선방이 모두를 허락하지 않았다. 그나마 성철이 구석자리를 얻을 수 있었던 것도 동산 스님 덕분이었다. 인근 암자에서 따로 수행하는 비구니 스님이 수

십 명이나 된다고 했다. 남쪽의 선방 일번지라는 말이 그제야 이해가 됐다. 그래서인지 하안거 수행에 든 스님들의 자부심도 대단했다.

좌석의 차서는 법계法階의 순에 따라 정해졌다. 달마가 쓴 《혈맥론血脈論》에 나오는 "너그러울 때는 법계法界를 덮지만 좁아지면 바늘 끝도 용납하지 않는다"를 되새겨주는 방장의 말이 의미심장했다.

"법계가 법계로 나아가기를!"

앞의 법계는 승랍僧臘일 터이고 뒤의 법계는 우주와 진리 그 자체인 진여眞如의 증득일 것이다. 모두가 부처의 세계에서 다시 태어나기를 바란다는 말이었다. 성철은 맨 아랫자리였다.

산문이 닫히기 전에 하안거 살림살이 준비가 시작되었다. 산나물을 꺾어 말리고 장마에 대비해 건물을 손보고….

하안거는 동안거에 비해 살림살이 준비가 식은 죽 먹기라고 하면서도 수좌들은 하나같이 일사불란하게 움직였다.

"하이고, 작년에 해인선원에서 동안거를 했는데 재밌더만. 산처럼 쌓인 배추를 소금에 절이고, 양념 버무린 김치를 김장독으로 옮기고, 김장독 묻을 땅을 파고…."

"거긴 뭐니 뭐니 해도 메주 울력이 특이하지. 내가 갔을

땐 방장이 무슨 생각에선지 대중들과 공양주들이 하던 일을 선객禪客들에게 맡기더라고. 그 심중을 알 것 같긴 했는데 참 희한하더만. 그곳 항아리는 보통의 것과는 달라. 항아리 바닥과 입구가 솔더란 말이지. 지리적으로 남쪽이라 일조량이 많기 때문이라곤 했지만, 보통 사오십 일이면 간장과 된장을 가르는데 여기선 무려 일 년을 묵히더라니까. 오래 묵히면 메주가 풀어져서 두 덩이씩 망에 넣어 담그거든. 암튼 그렇게 해서 선객들은 그 전해 된장과 간장을 먹을 수 있는 자격을 얻는다는군. 예사롭지 않더라고."

장마에 대비해 건물 곳곳을 보수하고 난 뒤에야 땔감을 준비하고 날랐다. 땔감이 넉넉히 비축되자 음력 4월 15일, 선원의 문이 닫혔다. 하안거가 끝나는 음력 7월 15일까지는 외부인의 출입을 철저하게 막았다.

하나같이 개울가로 나가 목욕재계한다고 난리들이었다. 꼭 결승전에 임하는 선수들 같았다. 대원사의 여름 해가 길었듯이 금정산의 해도 무척이나 길었다.

2

하안거 결제일인 음력 4월 15일, 아침 공양이 끝나자 공사公事가 열리고 입승 스님이 발의했다. 안거에 든 스님들의 소임이 적힌 결제방結制榜을 모두에게 잘 보이는 선방의 벽에 붙였다. 소임을 맡은 스님들의 법명이 오른쪽에서 왼쪽 순으로 적혀 있었다.

산문의 최고참으로서 선리禪理 강화 및 참선 지도를 하는 총사는 방장이나 조실, 회주, 선덕 등이 맡았다. 조실을 필두로 사찰을 총괄할 주지, 계행과 규율을 담당할 유나, 대중을 통솔할 입승, 살림살이를 담당할 원주, 불공을 담당할 지전, 손님을 접대할 지객, 세면장을 관리하는 수두 등 스님들의 소임이 정해졌다. 일단 소임이 정해지면 불만은 전혀 없었다.

하나같이 자발적이었다. 욕탕 관리를 맡은 욕두는 욕탕을 닦기에 여념이 없었다. 차 소임을 맡은 다각은 다구를 점검했고, 등화 소임을 맡은 명등은 등을 점검했다. 환자 간호를 맡은 간병은 비상시에 쓸 구급약을 챙겼다.

이윽고 결제 불공이 열렸다. 정진 시간은 새벽 두 시부터 저녁 열 시까지였다. 예불, 공양, 울력, 청소 등엔 반드시 동참해야 했다. 금어선원만의 독특한 가풍家風이었다. 특이한 것은 중간 죽비가 없다는 것이었다. 보통 선원에서는 오십 분 정진에 십 분 경행徑行을 한다. 이곳에는 포행布行을 알리는 죽비가 없었는데 이는 포행을 하지 않고 계속 정진하라는 뜻이다.

시간에 맞추어 선객들이 선방에 들었다. 결가부좌. 모두가 면벽불面壁佛이 되어 미동도 하지 않았다. 늙은이도 젊은이도 하나같이 화두를 들고 자신에게 물었다.

'이 뭐꼬?'

선방으로 든 성철은 평소대로 하였다. 혀를 입천장에 붙이고 눈을 반쯤 감았다. 천천히 코로 숨을 들이마셨다가 배꼽 아래까지 쭉 들이마셨다. 들이마신 숨은 소리 없이 입으로 내뱉었다.

대원사에서 처음 참선할 때의 모습이 눈앞을 스쳤다. 처음 가부좌를 틀었을 때처럼 잡다한 생각에 정신을 집중하기가 무척 힘들었다. 아내 덕명이 생각나는가 하면 다른 생각이 이어지고, 생각을 하지 말자고 다짐하다 보면 또 다른 생각으로 이어졌다. 대원사에 있을 때 정신 집중이 너무 힘들어서 도반에게 했던 푸념이 떠올랐다.

"정신을 집중하기가 원래 이렇게 어려운가?"

성철의 말에 고참 도반은 대답했다.

"처음엔 무엇이나 어려운 법이지요. 그대로 두세요. 잡념이 생기면 그대로 두세요. 물이 흘러가듯 그대로 흘려보내세요. 몸을 슬슬 흔들어보면서 마음을 다잡으세요. 얽매임이 점차 사라질 것입니다."

성철은 그때처럼 눈을 감고 잡념이 오면 그것을 따라갔다. 어머니가 생각나면 어머니를 생각했다. 어머니의 품에 안겨 잠들던 어린 시절을 떠올리기도 했다. 아내가 생각나면 아내와 함께 꽃핀 산등성이를 올랐다. 안기도 하고 정다운 말을 나누기도 했다. 그러면서 성철은 몸을 흔들었다.

탁 탁 탁.

어깨를 툭툭 치는 죽비 소리를 들을 때마다 꿈결처럼 이어지던 대원사의 선방 생활이 물거품처럼 사라졌다. 잠을 못 이겨 수각水閣으로 뛰어가던 날들이 왜 이렇게 떠오르는 것일까?

'모르겠으면 비워라!'

그때 성철은 비로소 화두 드는 법과 참선법을 알았다. 참선의 개념과 종류는 물론 화두의 중요성과 선종의 발달사도 배웠다. 선가禪家에서는 여래선如來禪보다 조사선祖師禪의 가치를 더 높이 평가하는 경향이 있음을 그때 처음으로 알았다. 본래 청정하고 실實다운 부처님의 마음자리를 견실심堅實心이라 일컫는데, 견실심의 밑바닥까지 가서 이것을 완전히 보았을 때 비로소 조사선이 있다는 것을 그제야 알게 되었다.

어느 날 도반이 말했다.

"사실 조사선은 여래선과 반대 입장입니다."

여래선은 의해義解나 명상名相에 걸려 달마가 전한 선의 진미에 이르지 못하기 때문이라고 했다. 하지만 문자의해文字義解에 걸리지 않고 바로 이심전심以心傳心하는 세계가 또 여래선이다. 석존이 가섭의 미소를 보고 전한 법은 조사선이다. 그러니까 여래선은 교내敎內의 불료不了한 선이고 조사선은 교외敎外의 별전하는 선이다. 즉 여래선은 교승敎僧의 선이고 조사선은 선승의 선이다.

성철이 경전을 본격적으로 보기 시작한 것도 그때였다.

일찍이 앙산仰山이 향엄香嚴에게 물었다.

"요사이 아우님의 견처見處는 어떠한가?"

향엄은 곧 게송으로 대답했다.

"지난해 가난은 가난도 아니었네. 금년의 가난이야말로 진짜 가난이네. 지난해 가난은 송곳 세울 땅도 없더니 올해는 그 송곳마저도 없어졌네."

"그대가 여래선은 얻었으나 조사선은 얻지 못하였다."

"무슨 말인지 잘 모르겠네."

"부처님 말씀인 팔만대장경은 모두 죽은 말에 불과하다

는 뜻이다. 왜냐하면 그것은 생각이 붙고 말이 따라붙었기 때문이다. 생각과 말이 모두 끊어진 자리는 팔만대장경으로도 알 수가 없다. 방 안으로 들어가는 것이 목적이라면 방 안에 들어와야 비로소 목적을 달성한 것이지, 대청이나 문 밖에 도달해서는 아무런 의미가 없다."

성철은 더욱 이해가 되지 않았다. 지금 무슨 소리를 하고 있는가? 내가 보고 있는 것이 부처님 말씀인 경전이 아닌 것인가?

의문은 금어선원에 든 후에도 여전했다. 비단 자신만의 문제가 아니었던 모양이다.

조사선의 본모습을 볼 수 있었던 것은 하안거에 든 지 얼마 되지 않았을 때였다.

어느 날 한 수좌가 경전을 번역하는 강주 스님에게 눈을 시퍼렇게 뜨고 비수를 들이댔다. 상원사에서 강주 생활을 하다가 금어선원으로 옮겨와 하안거에 든 스님이었다. 아주 젊고 자신과 비슷한 또래였다. 세간에 있을 때 유가 공부를 했는데 뜻한 바 있어서 한암중원漢巖重遠 선사에게서 머리를 깎았고 그곳의 강주를 맡고 있다고 했다.

"그대가 교승이 아니면 누가 교승인가?"

젊은 수좌의 힐난이 칼날 같았다.

"그대가 보기에는 내가 경전이나 끼고 있다가 이곳 선방으로 온 것 같으니까 교승이 어떻게 선승 흉내를 내느냐 그런 말이로군요?"

강주 스님은 여유 있게 물었다.

"그렇지 않다는 말씀이오?"

젊은 수좌는 눈을 치켜뜨고 말했다. 성철은 젊은 수좌의 행동을 도무지 이해할 수 없었다. 자신이 그런 질문을 받는다면 한마디도 응수하지 못할 것 같았다. 강주 스님은 빙그레 웃고는 수좌의 의혹을 단칼에 잘랐다.

"내게는 불교 자체가 바로 화두입니다."

"뭐요?"

"이게 무엇인가? 그것 하나면 충분하다는 말이외다. 이게 무엇인가? 이보다 더 큰 의문이 이 세상에 어디 있겠소? 그것이 모든 화두의 모체母體요 부처의 의문 아닙니까. 경전을 번역하고 있으니 날더러 교승이라고 하지만 나는 이미 그 강을 건너왔기 때문에 개의치 않소. 일구월심日久月深 나는 그저 나의 길을 가고 있을 뿐이오. 내게는 화엄 화두가 있고, 나는 그 화두를 줄기차게 풀고 있기 때문이오."

"화엄 화두?"

젊은 수좌가 뇌까렸다. 성철도 처음 들어본 말이어서 자신도 모르게 뇌까리는데 강주 스님의 음성이 들려왔다.

"내가 화엄학에 일생을 걸 때부터 화엄은 나의 화두였소. 차차 알게 될 거요. 어떤 화두도 결국은 화엄 화두에 이르게 될 것임을. 왜냐하면 부처님의 진리는 화엄에 이르러서야 비로소 그 해답을 보이기 때문이오. 그렇지만 아직은 화두의 개념이나 자세히 알아두면 좋을 게요."

"…?"

"일반적으로 화두에는 두 가지가 있소이다."

갑자기 참선방이 교승의 교설방이 되어버린 느낌이었다. 휴게 시간이라서 쉬고 있던 선승들의 시선이 모두 강주 스님에게로 쏠렸다. 그들은 하나같이 어이없다는 표정이었다. 성철도 마찬가지였다. 지금 선방에서 무슨 소리를 하는가 싶었다.

강주 스님이 눈 하나 깜짝 않고 주위를 둘러보더니 말을 이었다.

"화두를 보는 간화선看話禪과 화두를 보지 않고 참선하는 묵조선默照禪이 있소이다. 반드시 화두를 보는 간화선으로 참선을 해야 한다고 고집할 필요는 없소. 교법에 의한 관법으로도 얼마든지 깊은 도리를 깨칠 수 있으며, 실제로 묵조선으로도 깨친 조사가 많다오. 그것은 중생의 근기가 각자 다르기 때문이오. 어느 쪽이 더 우월한 방법이냐고 묻지만 사실 우열은 없소. 다만, 근기에 따라 문의 차이가 있을 뿐이외다. 중국 육조 스님의 법을 이은 5종 가운데 4종이 간화선이고 조동종曹洞宗만이 묵조선이오. 간화선 측에서는 묵조선이 옅은 공부라고 말하지만 그런 것이 아니외다. 조동종에서도 많은 조사가 나왔고 교세도 당당하오. 방법을 가지고 힐난할 것이 아니오. 몸 바쳐서 착실하게 참구參究하는 것이 우리가 가야 할 길이고 요긴한 것이오. 그렇게 할 때 우리가 이른 문이 필경 깨달음의 문이 된다오."

"저자가 지금 무슨 소릴 하는 것이야, 신성한 선방에서?"

누군가 칼날 같은 음성으로 소리쳤다. 강주 스님이 그쪽을 쳐다보니 삼십 대의 수좌가 강주 스님을 시퍼렇게 쏘아보고 있었다.

"그대의 화두가 무엇이오?"

강주 스님 역시 쏘아보며 물었다.

"화두? 왜 나의 화두를 묻는 것인가?"

"궁금해서요. 무엇이오?"

"구자무불성이다."

수좌의 무례한 반말이 떨어지자 강주 스님이 비시시 웃

었다.

"이미 죽어버린 화두를 들고 앉아 날을 세우고 있지 않소."

"뭣이?"

젊은 수좌가 발딱 일어났다. 그래도 강주 스님은 표정 하나 변하지 않았다.

"그대는 이미 답을 알고 있지 아니하오?"

젊은 수좌가 할말을 잃고 멍하니 그를 쳐다보았다.

"그렇다면 어떻게 그것을 화두라고 할 수 있겠소? 이미 답을 알고 있는 화두, 그게 의혹이 될 수 있느냐는 말이오. 그것은 사구死句가 아니겠소. 화두란 그대 자신의 의문이어야 할 것이오."

젊은 수좌가 눈을 댕그랗게 뜨고 있다가 언성을 높였다.

"교승 놈이 선방을 제집 안방으로 만들려고 하네."

젊은 수좌가 씩씩거리자 강주 스님의 얼굴에 다시 미소가 번졌다.

"그렇지 않소이까?"

"그렇지 않다니? 그건 내가 할 소리다. 이미 답을 알고 있는 사람은 네놈이 아닌가. 경전이나 끼고 앉았으면서 나더러 죽은 화두를 끼고 있다고?"

"그렇다면 내 물으리다. 그대가 품고 있는 화두, 그 화두의 답을 진정 모르오? 이미 알고 있지 않소. 그렇다면 남의 대답을 도적질한 것이 아니오. 어디 그것을 화두라고 할 수 있겠소? 이 세상에는 일천칠백 가지가 넘는 화두가 있다고 하나 이미 세상에 다 알려진 것들이오. 선대 조사들의 의문이었고, 그들에 의해 이미 다 풀린 의문이라면 어찌 그것을 살아 있다고 할 수 있겠소. 이미 죽어버린 화두가 아니냐는 말이외다. 진실한 참선문에 들어오려면 묵은 지식이나 묵은 알음알이의 선입견을 깨끗이 버려야 한다는 것을 모르시겠소?"

"어허, 이 얼어죽을 작자가 지금 뭐라고 지껄이는 것이야. 누가 할 소리! 내 선승으로 이 문에 들어와서는 알음알이를 두지 말라는 것을 왜 모르겠는가. 그렇다면 그렇게 말하는 네놈에게는 네놈만의 화두가 있다는 말이냐?"

"물론이외다."

"있다? 학승 주제에 어림없는 소리! 네놈이 속가에서 몇 자 배운 지식으로 경전을 끼고 앉아 번역이나 하고 있다는 것은 세상이 다 아는 사실이다. 그런 네놈이 어떻게 선을 들먹일 수 있는가? 세 살 버릇 여든까지 가는 법. 네놈이 그래서 선방으로 온 것이 아니냐. 그래, 이곳으로 와 속가에서 배운 모든 알음알이를 털어냈다고 하자. 그런데 지금도 경전을 끼고 있다면 그게 어디 털어낸 것인가. 화두를 잡고 있으나 속가에서 배운 네놈의 알음알이가 대답할 테니. 그렇지 않다고 어떻게 장담하겠는가? 그렇다면 그게 어디 선인가?"

"역시 그대에게는 선승, 교승의 문제이구려. 그래서 내가 알음알이가 방해될까 봐 화두조차 가지지 못했다? 그럼 내가 물으리다. 선은 부처님의 마음이요, 교는 부처님의 말씀이오. 그렇다면 부처님의 말씀이 필요 없다는 게요?"

"그래서 임제 선사는 부처의 말이 기록된 경전은 내 밑씻개에 지나지 않는다고 했던 것이다."

강주 스님이 어이가 없다는 듯이 허허 웃다가 물었다.

"대답할 필요성을 느끼지 않으니 선지식의 말씀으로 답변을 대신하리다. 혹시 이런 말을 들어본 적이 있소이까?"

"…?"

"해저니우海底泥牛는 성룡거成龍去인데 파별跛鼈은 의전입망라依前入網羅라. 바다 밑의 진흙소는 용이 되어가는데 절름발이 자라는 눈앞의 그물 속으로 들어간다는 뜻이외다."

이것이 전강田岡 선사가 분별을 일삼는 무리에게 던진 천금같은 게송이라는 것을 성철은 나중에야 알았다. 전강 선사는 전남 곡성 사람으로 열여섯 살에 해인사로 출가, 곡성 태안사에서 용맹정진 끝에 깨침을 얻은 선승 중의 선승이었다.

뜻을 모를 리 없는 수좌가 그만 입을 벌리고 할말을 잃었다. 벌벌 떨고 있는 수좌를 향해 강주 스님의 음성이 이번에는 망치로 못을 박듯 세차게 떨어졌다.

"그대가 선승이라고 자부하니 그 선지식처럼 한번 물어보리다. 그대가 경전을 모른다고 해 물어볼 엄두조차 나지 않으나 상본화엄上本華嚴이 일사천하一四天下 미진수품微塵數品이라. 부처님이 부처님의 말씀을 가까이하지 말라고 말씀하신 게 경전 어디에 있는지 그것만이라도 내게 가르쳐줄 수 있겠소?"

할말을 잃은 수좌의 눈이 낭패스러운 기색을 내비치며 흔들렸다.

강주 스님이 껄껄 웃었다.

"이제는 임제의 칼날이 그대의 목을 노리고 있구려!"

3

그날 밤 휴게 시간에 성철은 일주문에 기대어 산 아래를 바라보고 있는 그를 향해 다가갔다. 학승에게도 화두가 있다? 그의 화엄 화두란 말이 자꾸 가슴에 매달렸기 때문이다. 그가 발소리를 들었는지 돌아보았다.

"여 있는 거를 모르고…."

성철이 다가가며 말을 걸자 그가 기다린 사람처럼 손을 들어 멀리 산 아래를 가리켰다.

"그냥 어둠이네요. 불빛이라도 보일 줄 알았는데…."

"아까 화두 강의 재밌었십니더. 그란데 화엄 화두라 카던 데…."

강주 스님이 호호 웃다가 성철을 돌아보았다.

"교승의 화두라 해두지요."

"교승의 화두? 진짜 재밌심더."

강주 스님이 고개를 끄덕였다.

"재미있지요. 이 세상에 그것만큼 재미있는 게 어딨겠습 니까. 대장부의 의심이 그 정도는 되어야지요. 그 모가지를 한칼 베어 물면 세상이 내 것이 되지요. 그런데 어찌 사내 대장부가 이미 죽어버린 사구에 매달리겠습니까. 고래古來 의 의혹, 내가 경전을 읽으면서 깨달은 것은 고래의 수천 가 지 화두가 사구 아닌 게 없다는 사실입니다. 모두가 하나같 아요. 거기서 거기지요. 이 사람은 이렇게 전하고 저 사람은 저렇게 외치고…. 하지만 이젠 뭔가 좀 알 것 같습니다. 버 릴 것이 아니라 오히려 거둬야 한다는 것을."

그가 무슨 말을 하는지 도무지 알 수가 없었다.

"지금 거둬야 한다고 하시습니꺼?"

"인간은 본시 알음알이의 종자이지요. 무지한 인간들은 알음알이가 해탈에 방해가 된다고 알고 있지만…. 자신에게 한번 물어보세요. 그럼 답이 나올 테니. 우리 마음의 본체를 한 글자로 말한다면 무엇일까요?"

성철이 답을 하지 못하자 강주 스님이 계속 말했다.

"하나같이 공空과 무無로 알고 있지요. 그런데 정말 그럴까요?"

"그럼 아닙니꺼?"

"저는 지知라고 생각합니다."

"지는 알음알이 아닌교?"

성철이 묻자 강주 스님이 껄껄 웃었다.

"분별의 강을 건너지 못하면 지는 언제나 지이지요."

"예?"

"왜 지금 지 외에는 없다는 말을 했냐면, 정확히 말해 생각이 일어나기 전에는 아는 것도 아는 게 아니기 때문입니다."

"무신 말씀인지…?"

성철은 눈을 동그랗게 뜨고 강주 스님을 바라보았다.

"이해가 안 되면 이렇게 생각해보십시오. 지금 내가 말하는 지는 망지妄知의 지도, 망상妄想의 지도 아니며, 마음의 본체를 가리키는 지각知覺의 지입니다. 인간은 본시부터 알음알이를 타고난 동물입니다. 삼척동자도 불이 뜨겁다는 것을 알고 바람이 움직인다는 것을 알지 않습니까. 그럼 우리가 잡으려는 마음은? 그게 바로 지의 덩어리가 아니고 무엇이겠습니까. 그런데 우리는 그것을 부정해야만 깨침을 얻을 수 있다고 합니다. 하지만 아무리 부정해도 마음을 갖고 세상에 나온 이상, 앎을 향한 길은 늘 열려 있기 마련이지요. 선승들이 드는 화두 역시 알고 보면 지인 것입니다. 왜냐면 그것은 의문이고, 의문이 분명하다면 생각이 따라다니기 때문이지요. 그리고 그 지라는 것은 부정과 부정의 협곡을 넘어 긍정의 바닷속까지 우리를 끌고 갑니다. 그리하여 고통 없는 수행, 고행 없는 고행승으로 거듭나게 합니다. 그렇다면 지知를 통해 지智에 이르며 드디어 적정의 세계인 각覺에 이른다는 말이 성립됩니다."

그날 밤 성철은 이상하게도 눈물이 쏟아졌다. 이름도 없는 학승이 말하던 화엄 화두, 즉 화엄선華嚴禪이라는 말이 생각났기 때문이다. 속가에서 배운 알음알이에 발목을 잡히지 말라는 말이, 그리하여 고단한 수행을 통해 일정한 경지에 들어서야 한다는 말이 내내 사라지지 않았다.

그랬다. 이게 무엇인가 하고 물으면 먼저 생각나는 것은 속세에서 배운 알음알이였다. 아니 알음알이 그 자체였다. 추리, 논리…, 뭐 그런 것들이 먼저 일어섰던 게 사실이다. 바로 그 알음알이를 없애버릴 때 진정한 깨침이 온다는 것이다. 오늘날까지 거쳐온 이름도 없는 학승의 눈물겨운 여로가, 이제는 자신이 걸어가야 할 눈물겨운 여로가 손에 잡힐 듯이 느껴져 무척이나 가슴 아팠다.

화엄선? 화엄 화두? 그것이 어떤 세계인지 정확히 모르지만 강주 스님이 얼마나 힘들게 수행했으면 그런 경지에까지 이를 수 있는지 도저히 가늠이 안 됐다. 알음알이를 손에 들고서도 거기에 붙잡히지 않고 자신에게 주어진 화두를 줄기차게 들고 있다는 사실, 어리석은 선승에게 굳이 그것을 말할 이유를 느끼지 못하는 학승의 심중을 이해할 듯해 성철은 밤새 몸을 뒤척였다.

수행하는 승에게 가장 중요한 것이 화두인데 이 세상 사는 모습이 바로 승의 화두요, 크게 보면 이 우주의 비밀 자체가 화엄의 세계이자 곧 화두라는 생각이 들었다. 그렇기에 스승은 처처에 널린 것이 화두인데 속이 좁아터지게 남이 쓰다 버린 화두 하나를 마음속에 넣고 평생을 구름처럼 떠도는 행각승의 태도가 심히 딱해 보였으리라. 그가 번역하고 있는 《화엄경華嚴經》 자체가 세상의 모습이자 진리요,

부처님의 모습이자 곧 화엄선인 것을. 어쩌면 그 학승은 그 속에서 분별을 없애버렸는지도 모른다.

이미 분별이 사라져버렸는데 무엇이 더 필요하겠는가. 그에게는 선이 곧 교이고 교가 곧 선인 것을. 그렇기에 교 승들 앞에서 강론하다가도 선승으로 돌아가 참선에 몰입할 수 있었던 것은 아닐까.

하지만 성철은 도무지 그가 이해되지 않았다. 그는 어느 덧 공맹孔孟을 찾아 나서서 주역을 번역하는가 하면 다시 교승이자 선승으로 되돌아가 있었다.

나중에야 그의 정체를 알았다. 그가 국보를 자칭하는 천 하의 양주동을 무릎 꿇린 경허 스님의 손상좌 탄허呑虛 스 님이라는 것을. 그의 나이를 알아보았더니 성철보다 한 살 아래였다. 그 나이에 불문에 들어 이미 그런 경지를 이루었 다니 도무지 믿어지지 않았다.

4

탁 탁 탁.

잠시 생각에 잠긴 사이 잠이 들었던 모양이다. 경책 스님 의 죽비가 사정없이 어깨를 내리쳤다. 성철은 자세를 바로 잡고 정신을 집중하려고 화두를 들었다.

'이 뭐꼬?'

묻기가 무섭게 달려드는 것, 이게 무엇인가…?

어김없이 이론이 앞섰다. 뒤이어 추론이 뒤따랐다. 다시 원위치가 됐다. 지극한 의심이 시작되고 이론에 사로잡히는가 하면, 추론이 뒤따라오고 다시 원위치. 잠시 후 망상이 온 정신을 빼앗아버렸다. 잡념에 빠지지 않기 위해 혼신을 다해 집중해보지만 아뿔싸, 아득히 멀어지는 저것은 무엇인가?

일순간 정신을 차려보면 어느새 경책 죽비의 매서운 눈이 지켜보고 있었다. 코를 골며 자고 있었던 것이다. 꿈속에서 분명히 아내를 보았다. 노란 금침, 아내의 티 없는 육체, 그 육체를 끌어안고 뒹굴 때 오감을 자극하던 쾌감….

꿈은 이상한 곳으로 흘렀다. 어느 대장간…, 대장간이 분명했다. 한 장정이 열심히 칼을 만들고 있었다.

칼? 칼이라니!

탁 탁 탁.

또 졸았던 모양이다.

정신을 가다듬으면서 화두를 당겼지만 마지막에 본 꿈의 실마리가 쉬이 사라지지 않는다. 대장간? 칼? 대장장이? 성

136

철은 고개를 홰홰 저었다. 내가 지금 무슨 생각을 하고 있나. 화두는 쉽게 다가오지 않았다. 잡힐 듯 잡히지 않다가 이내 잊히고 망상이 꼬리를 물었다.

선객에겐 몸을 덮는 이불이 없었다. 머리는 시원하게, 발은 따뜻하게 그리고 배는 이분二分이 모자라는 팔분八分으로 덮고 자는 게 선객이 새겨들어야 할 원칙이다. 좌선할 때 깔고 앉는 방석을 이불 삼아 발만 덮고 잤다. 그것도 절 살림이 아니었다. 올 때 가지고 왔으니 갈 때 가져가면 그만이다.

하루 급식량은 한 사람당 주식이 세 홉이다. 아침에는 조죽, 점심에는 쌀밥, 저녁에는 잡곡밥이 전부다. 선객은 삼부족三不足을 운명처럼 받아들여야 한다. 식부족食不足, 의부족依不足, 수부족睡不足이 바로 그것이다.

선원 내에서는 잘 배운 이도, 못 배운 이도 없다. 오로지 질문만이 있을 뿐이다. 이기느냐, 죽느냐, 나가느냐…. 시간이 흐르면서 늙은이는 힘에 부쳐 나가고, 젊은이는 오욕칠정五慾七情에 못 이겨 나가떨어졌다. 성질 급한 이는 못 참아서 나가고, 허약한 이는 쓰러져 나갔다. 하지만 누구 하나 그들을 일으키는 이가 없었다. 졸음이 와 꾸벅거리면 경책 스님의 죽비가 사정없이 어깨 위로 날아들 뿐이었다. 그 소리가 꼭 뇌성과도 같았다.

탁 탁 탁.

아아, 방선을 알리는 죽비 소리. 저것은 분명 방선의 죽비 소리렷다? 경내를 거닌다. 비가 와 땅이 질다.

'언제 빗소리를 들었던가?'

어쨌든 참아냈다는 자부심에 주먹이 쥐어진다. 선방에 들어와 화두를 들기가 무섭게 아내의 모습이 떠오른다. 아내는 고향 마을 강언덕에 서서 손을 흔들고 있다.

아, 산청 묵곡리…. 할아버지 방에서 늘 맡을 수 있었던 약초 냄새. 할아버지 집을 감싸고 이어진 강가의 숲. 숲으로 둘러싸인 고향 마을에서 새가 울고 매미가 운다. 산언덕 나뭇가지에 그네를 매어 타고 노는 처자들, 모래판에서 씨름하는 장정들이 보인다. 철없는 애들의 웃음소리…. 저 멀리 산봉우리가 내려다보고 있다. 저것이 문필봉이던가? 큰바위얼굴이 비스듬히 서서 마을을 지키고 있다. 자라방 먼당이다. 왜 자라방 먼당이라 했을까?

"아부지, 자라방 먼당이 뭐고?"

"자라방 먼당? 그기 그라니께 언덕배기 편평한 곳이다 그 말이다."

"그란데 와 자라방 먼당이라 카노?"

"응?"

"와 자라방 먼당이라 카노 말이다?"

"몰라. 니 어무이한테 가서 물어봐라."

"아부지도 모르는 거를 어무이가 우예 아노?"

"니 어무이 유식한 거는 세상이 다 안다. 가서 물어봐라."

결국 어머니도 모른다고 하셨다. 무슨 뜻이었을까? 자라 방 먼당? 자라를 닮은 명당? 하긴 그놈의 언덕배기가 자라 등을 닮기는 했지.

그곳에 눈이 내린다. 온 마을에 눈이 내린다. 아니 천지에 흰 눈이 펄펄 내린다. 아내 덕명과 함께 첫눈 밟던 때가 언 제더라? 그녀와의 첫날밤…. 날카로운 첫 입맞춤. 눈처럼 흰 목덜미에 입술을 갖다 대었을 때 왜 그렇게 차가운 느낌 이 들었던 걸까.

아내의 고운 눈매를 생각하다가 성철은 자신도 모르게 졸고 말았다. 아버지가 보였다. 출가하겠다고 했을 때 불이 쏟아지는 것 같은 눈으로 쏘아보다가 돌아앉던 아버지.

아버지는 그런 자식을 찾으러 다니는 며느리가 보기 싫 어 놋재떨이를 던졌고, 그 바람에 어머니가 화롯불에 데어 한쪽 눈을 잃고 말았다. 그래도 아버지는 아들에 대한 염을 놓지 못했다. 화가 난 아버지는 하인들과 함께 경호강으로 나가 그물을 치고 고기를 잡았다.

"미친놈. 사람이 살려면 어쩔 수 없이 산 생명을 잡는 게지. 아주 성인이 났다. 성인은 안 먹고 살 수 있다더냐."

왜 불교가 말이 안 되는지 아느냐고 아버지는 묻고 있었다.

"인간은 본래 선한 것도, 악한 것도 아닌 기라. 살라 카믄 남의 생명 안 잡아먹고 별수 있겠노. 뭐 불살생의 길을 간다고? 그 원죄를 수행을 통해 씻기 위해 출가를 했다고? 하이고 얼척없는 놈."

그러면서도 아버지는 삶이 곧 죄라고 하던 아들의 고함을 기억하는 눈치였다. 그것이 산 생명의 원죄이고 무엇으로도 막을 수 없다고 했다. 그래서 인간이 지은 원죄를 소멸하기 위해 출가한다는 아들의 말을 잊지 못하는 듯했다.

"어디 네놈이 이기나 내가 이기나 해보자."

그물을 치고 물고기를 잡아온 아버지는 석가가 원수라며 손수 잡은 생선을 더 맛나게 먹었다. 남명 조식 선생의 유풍이 그대로 이어지고 있는 유림의 땅에서 일본인들이 그렇게 패악을 부려도 눈 한번 깜박 않던 양반이었다.

6·25 때 인민군이 쳐들어와 지주니 반동이니 하며 총을 들이대도 의연하게 맞서던 그였다. 그렇게 가문을 지키고 유림을 지켰는데 맏아들이라는 녀석이 석가모니를 따라 집을 나가버렸다.

아버지는 석가모니에게 복수하듯 경호강에서 잡아 올린 물고기로 매운탕을 끓이고선 속으로 눈물을 흘리면서 술을 마셨다. 하지만 어머니는 매서운 남의 눈을 피해 살아남은 물고기를 몰래 강물에 놓아주었다.

느닷없이 예전에 본 대장간이 눈앞에 펼쳐졌다. 열 살 남짓한 아이 하나가 대장간 구석에 쪼그려 앉아 땀을 뻘뻘 흘리면서 망치질하는 사내를 지켜보고 있다. 대장간 주인의 아들인 듯했다. 대장장이가 아이를 불렀다. 벌겋게 달아오른 쇠막대기를 쇠를 두드릴 때 받침으로 쓰는 모루 위에 올려놓고 대장장이가 말했다.

"때려보아라."

아이에게는 쇠망치가 너무 버거웠다. 아이는 힘겹게 쇠망치를 들어올려 모루 위에 놓인 담금질한 쇠막대기를 치기 시작했다. 잠시 지켜보던 대장장이가 혀를 끌끌 찼다.

"쯧쯧, 어찌 그 모양이야. 그렇게 두드려서는 호미 자루 하나 못 만들겠다."

"망치가 무거워요."

대장장이가 돌아서더니 좀 작은 망치를 찾아 건넸다. 아이는 다시 쇠를 치고 대장장이는 혀를 찼다.

"이놈아, 내가 보니 네 마음이 더 무거워 보인다."

눈을 떴다. 이상한 꿈이었지만 좀체 잊히지 않았다. 무슨 꿈이 이래? 그런 생각에 잠겨 다리를 풀고 선방에 들었지만 화두 잡기가 영 쉽지 않았다. 선방의 분위기는 여전히 낯설기만 했다. 이제는 정이 들어 마음에 익을 때도 됐으련만. 하기야 본시 이곳이 그런 곳 아닌가.

젊은 수좌가 있는가 하면 고희를 넘긴 노안도 있다. 경상도 사람이 있는가 하면 전라도 사람도 있다. 강원도 사람, 충청도 사람도 있다. 강원을 나온 이도 있고 대교大教를 마친 이도 있다. 선승이라며 알음알이를 무시하는 이들 중엔 《천수경千手經》도, 《초발심자경문初發心自警文》도 모르는 이가 있다. 경장經藏에 통달한 대가는 너무 많이 알아 생각이 많고, 불교도 모르면서 결가부좌만 틀고 '이 뭐꼬'를 외치는 이들은 몰라서 방황한다. 몰라도 막히고 알아도 막히는 세계, 그게 선禪인가? 사방이 꽉 막히고 '이 뭐꼬?'만 있는 것 같다. 성철은 그들 사이에서 척추를 펴고 결가부좌한 채 오직 '이 뭐꼬'만 생각했다.

금어선원 동쪽에 대나무 숲이 있었다. 동산의 별호가 순창筍窓인 것은 그 때문이었다. 서걱대는 댓잎 소리가 수좌의 마음처럼 청량했다. 성철은 동산 스승이 이곳에서 십오 년 만에 깨침을 얻었다는 사실이 기이하게만 느껴졌다. 댓

속처럼 마음이 비워졌다는 사실이 전혀 우연 같지 않았다. 그래서 이 대밭이 좋았다. 대밭에 들면 고향 묵곡리가 생각 났다. 거기도 대밭이 있었다.

하안거가 시작된 지 벌써 보름이 넘었다. 오늘도 세 사람 이 탈락했다. 기침 소리가 들리는가 싶더니 기침을 하던 이 들이 참지 못해 바랑을 메고 산을 내려가고 말았다.

선을 잘 모르는 초발 비구도 참는데 그래도 안거를 해봤 다는 스님들이 탈락하자 성철은 기분이 묘했다. 잘하고 있 기는 한 것일까? 저들은 '이 뭐꼬'를 찾으면서 어떻게 수행 했기에 벌써 지쳐버린 것일까. 아직도 갈 길이 먼데 먼저 가 려고 힘을 다 소진하다 지쳐 넘어진 것일까. 조금 더 천천 히 가야 하는 건 아닐까. 그러다 보면 일신이 나태해지는 것 같았다. '이 뭐꼬'를 생각하면 먼저 '이 뭐꼬'를 분석하려는 의심이 벌떼처럼 달려들었다.

요리 분석하고 저리 분석하고, 창으로 찔러도 보고, 칼로 베어도 보면서 보름을 보냈는데 그들은 벌써 나자빠져 "아 이구 관둘랍니다" 하고 도망병처럼 산문을 떠난다. 잡는 사 람도 없고 잘 가라고 인사하는 사람도 없다. 참으로 비정한 동네다. 성철은 산문 밖으로 사라지는 그들의 뒷모습을 멍 하니 바라보았다. 숨 쉬기조차 더운 바람이 그들의 법의를 흔들었다.

다시 선방에 들었다.

오로지 화두.

참선 시간이 길어지면서 정수리에 불이 붙는 것 같더니 환영이 달려들었다. 그러다 꿈도 아니고 현실도 아닌 세계로 빨려들어 갔다.

그 대장간, 왜 명상이 깊어갈수록 대장간이 자꾸만 눈에 보이는지 알다가도 모를 일이다. 그런데 참 이상하다. 이번에는 대장장이가 칼을 만들고 있지 않다. 붉은 옷을 입고 대장간을 나와서 광장 한복판에 세운 단두대 위로 올라간다. 그는 자신이 만든 칼을 들었고, 그의 앞에는 머리를 푼 죄수 하나가 목을 늘어뜨리고 있다.

그런데 그의 아들은 대체 어디로 갔을까? 주위를 둘러보니 군중 속에서 아이가 단두대를 바라보고 있다. 아이의 아버지는 망나니가 되어 신들린 무녀처럼 칼을 휘두르며 검무를 추기 시작한다. 그 모습이 생경하고 살벌하다. 군중은 넋이 나간 듯 그의 검무를 지켜보고 있다. 허공을 그을 때마다 칼날이 번쩍이고 목을 늘어뜨린 죄수의 처절한 울음소리가 들린다. 그 울음소리를 끊어내려는 듯 허공을 가르며 춤추던 대장장이의 칼이 한순간 죄수의 목을 향해 떨어진다. 잘린 머리가 단두대 아래로 구른다. 시뻘건 피가 분수처럼 목에서 솟구친다. 피 묻은 칼날이 번쩍이며 웃고 있다.

삭도削刀가 날카롭게 번쩍인다. 밤송이처럼 자란 머리카락들이 바닥으로 떨어진다. 삭도를 휘두르는 사람에게나 머리를 내맡긴 사람에게나 더위는 공평하게 달려든다. 세탁장은 노스님들이 모두 차지해서 성철은 도리 없이 개울로 나가 머리를 감아야 했다.

"어 시원하다."

시원할까? 판단은 내가 하는 게 아니라 본인이 하는 것이다.

일곱 명이나 되는 선객이 무더기로 탈락했다. 성철은 잘 걷지도 못했다. 휴게 시간이 되어야 겨우 다리를 펴고 쉴 수 있었다. 경책 스님은 포기하라고 했지만 성철은 고개를 내저었다.

'천만의 말씀!'

절대 적멸

큰 주전자에 차가 가득하다. 격식은 차리지 않았지만 차가 달다. 마가목과 당귀를 넣어 달인 차 한 잔이 이보다 달수가 없다. 선객들은 휴게 시간이면 모여 앉아 이 차를 마시며 법담을 주고받는다. 법담 또한 더없이 달다.

성철이 뒷방 지대방으로 가자 탈락한 선객들이 무더기로 모여 있었다. 지대방은 큰방과 벽 하나를 사이에 두고 있었다. 빙 돌아가면서 선반이 있고 그 위에 스님들의 바랑이 줄줄이 놓여 있었다.

탈락한 스님 중에는 뒷방 조실로 통하는 노스님도 있었다. 눈이 부리부리하고 몸이 실해 보이는 스님은 너무 무리하다 감기몸살이 들자 대중에게 폐가 된다며 스스로 뒷방으로 물러났다.

젊은 수좌가 바랑을 짊어진 노스님에게 물었다.

"이제 어디로 가실랍니까?"

"고향으로나 갈라네."

"하산하신단 말씀입니까?"

노스님이 헤벌쭉 웃었다.

"틀렸어."

"지금 돌아가면 좋아하겠습니다."

"안 그래도 걱정이야. 할망구가 되었을 텐데 받아주질 않을 것 같아."

"그런데 왜 가려고 하십니까?"

"그렇다고 굶어죽을 수야 없잖은가."

무참히 참패해버린 인간, 거기에는 허약하고 못난 늙은이가 있을 뿐이다. 병색이 완연했으나 입은 살아 있고 도심道心도 여전했다.

"가는 길에 죽비 산신령을 만나고 갈 걸세."

"죽비 산신령요?"

"자네만 알고 있게."

수좌는 소곤대는 말에 솔깃해서 고개를 끄덕였다.

"이곳에서 삼십 리를 더 가면 월정月精이라고 달의 정기가 모인 곳이 있다네. 그 산에 산신령이 사는데 나무로 환생

했지."

"나무요?"

"꼭 죽비처럼 생겼다고 해서 죽비 산신령이라고 부른다네. 그가 저잣거리에 있을 때 사랑하는 여자가 있었는데, 결혼해 살다 보니 이놈의 여자가 엄청 색골인 게야. 참다못해 중이 되었는데 참선을 하다가 그만 죽고 말았지. 죽은 수좌가 원한으로 죽비나무가 되었거든. 그런데 그 곁에 또 다른 나무가 생긴 게야. 제 아내가 색욕을 못 이겨 남의 남자와 그 짓을 하다가 급살을 맞은 거지."

"왜 하필 허약한 수좌 곁이에요?"

"그야 사연이 있지. 그때쯤 죽비 수좌는 수행한 공덕으로 엄청난 정력의 소유자가 되어 다시 태어났거든."

"나무라면서요?"

"이 사람아, 그 짓은 뭐 사람만 하는 줄 아는가."

"나무도 그 짓을 한단 말입니까?"

"당연하지."

"어떻게요?"

"허허, 이 사람 완전 맹추구먼. 꽃이 어떻게 피고 열매가 어떻게 맺히나?"

"그, 그러게요. 그런데 거긴 왜 들르시려고요?"

노스님은 자신의 사정이 죽을 맛인데도 천성이 그래서인지 수좌가 자기 말에 속아넘어가니 재미가 있는 모양이었다. 요놈 오늘 된통 한번 놀리고 가야겠다고 마음먹었다.

"옛날에 말이다. 아니 그렇게 옛날도 아니지. 어떤 남자가 있었거든. 그런데 이 남자가 밤일이 시원찮은 거라."

"소리 좀 줄이세요. 누가 듣겠습니다."

"그래그래."

"거기에 들러서 무얼 하시게요?"

"무얼 하긴, 죽비 화상에게 빌고 가야지."

"뭘 빌어요?"

"사실 나 밤일이 영 형편없었거든. 내가 산에 든 것도 마누라에게 쫓겨나서인데….."

"쫓겨나요? 그럼 스님 이야기네요?"

"하하하, 어떻게 알았지?"

갑자기 지대방에 웃음기가 돌았다.

덥다. 바람 한 자락도 없어서 땀이 줄줄 흘러내린다. 문밖의 나뭇잎도 흔들리지 않는다. 천지가 펄펄 끓는 것 같다.

'아아, 여름밤은 왜 이리 길고 덥기만 한가.'

달래듯 비가 내렸고, 비가 그치자 더위가 뼛속까지 파고

들었다. 선방을 나서면 눈이 부시고 시렸다. 이상한 건 시간이 갈수록 점차 육신이 반응한다는 사실이었다. 육신이 선방 생활을 받아들이기 시작한 것이다. 다른 이들은 하나둘 넘어지는데 성철은 견딜 만했다. 노스님이 나가면서 한 말이 생각났다.

"죽비 소리를 잊지 말게."

죽비 소리가 들려오지 않을 때쯤이면 다시 오리라던 노장의 말을 잊을 수 없었다. 죽비 소리를 의식하지 않을 수 있다면 그것이 바로 삼매의 경지? 이곳에서 삼십 리 떨어진 곳에 죽비 화상이 있다고 했다. 죽비 화상…. 노장은 왜 그런 말을 남기고 갔을까?

달의 정기가 모인 곳, 그곳을 넘어서면 무엇이 있을까? 그 무엇에도 흔들리지 않는 금강승金剛乘이 있다. 그렇다면 금강승이 상주하는 자리는 어디인가? 노스님은 성철에게 우회적으로 그런 이야기를 흘렸던 걸까?

급기야 성철은 노스님이 예사롭지 않다는 생각까지 했다. 그렇게도 깊이 수도한 양반이 힘에 부쳐 중도 탈락했다고 하산해버리다니! 뒷방 조실로 남는다고 해도 누구 하나 쫓아내지 않을 만한 법랍이었다. 하지만 그는 더운 여름날 갈 곳도 없으면서 미련 없이 어디론가 가버렸다. 어느 산비

탈에서 좌탈입망했을지도 모를 일이었다.

금어선원 살림이 어렵다고 하지만 하안거 중 하루를 택해 별식을 해 먹는 게 전통이었다. 주로 하안거 중간 날을 택하는데 별식은 대개 찰밥이었다. 여러 가지 산나물도 올라왔다. 조미료는 물론이고 참기름조차 넣지 않았지만 맛이 기가 막혔다. 시원한 열무김치까지 올라오자 다들 제정신이 아니었다.

그 맛을 못 잊은 선객들이 머리를 맞댄 끝에 식량 창고에 비장해둔 별식을 털어 먹자고 모의했다. 대중공사로 발의되어 통과된 사항은 절대 어길 수가 없었다. 심지어 동안거 때 선객이 죽어도, 산문을 열 수 없으니 해제 후에 장사를 지내자는 의견이 통과되면 시신을 그대로 눈 속에 파묻고 해제일을 기다리는 수밖에 없었다.

마찬가지로 절을 팔아먹는 의견도 통과되면 팔아먹어야 하는 것이 대중공사였다. 이때는 조실과 주지도 어쩔 수 없었다. 말하자면 절의 살림살이는 철저히 민주적이었다. 분명 사회주의적인 것 같은데 개별적이고, 이럴 때는 또 단체적이면서도 매우 민주적이었다.

성철은 그때 인간의 식욕이 얼마나 무서운 것인지 비로

소 깨달았다. 공양간에 비장해둔 찹쌀로 따끈따끈 군침 도
는 찰밥이 지어졌다. 온갖 나물과 알맞게 익은 열무김치가
다시 나왔다.

이제 선은 물건너갔다. 선방에 앉았지만 고소한 냄새에
정신을 빼앗기니 먹을 음식이 화두가 되어버린 지 오래다.
여기저기서 군침 넘어가는 소리가 들리고 그동안 주린 배
속이 폭풍처럼 요동친다. 지금껏 살아오면서 성철의 후각
이 이때만큼 예민해진 적이 없었고, 심지어 머릿속이 온통
찰밥 먹을 생각으로만 가득 찼다.

아아, 아내가 지어주던 밥, 조기의 살점, 소고기를 넣은
뜨끈한 뭇국, 짠지, 조갯살…. 죽겠구나. 왜 이렇게 방선을
알리는 죽비 소리는 들려오지 않는가.

일찍 시작된 장마가 끝나고 쨍쨍한 해가 다시 고개를 들
었다. 지친 선객들을 위해 원주 스님이 점심 공양을 찰밥으
로 올릴 것이라 보고했다. 선방이 술렁였다. 원주는 얼마 전
에 찹쌀을 도둑맞아 많이 모자라지만 어쩌고 하면서 선심
을 베푸는 표정을 짓다가 돌아갔다. 그래서인지 선객들의
표정이 밝다.

기다려라. 조금만 있으면 먹을 수 있다.

드디어 방선. 선객들이 대부분 들떴다. 우르르 공양간에

152

자리를 잡고 앉았다. 각종 나물들이 총동원되었다. 곰취나물, 고비나물, 고사리…. 발우 가득 받는 찰밥까지.

순가락을 든 선객들은 생식만 하는 수좌 앞에서도 전혀 염치가 없다. 생식 수좌는 눈을 가늘게 뜨고 마치 굶주린 짐승들을 보듯 입속으로 찰밥을 떠 넣는 선객들을 노려보고 있다.

꼬르륵꼬르륵.

"어이, 공양 못 하겠네."

생식 수좌의 배 속에서 나는 소리를 듣다 말고 입안 가득 찰밥을 넣고 우물거리던 스님 하나가 돌아앉았다.

"허허, 아주 맛나누먼! 먹지그려? 언제 부처님이 생식하라 그랬나."

생식 수좌는 이제 얼굴빛이 변했다. 그는 무섭게 스님들을 계속 노려본다. 그러다 참지 못하고 홱 일어나 밖으로 나가버린다. 스님들이 찰밥 담긴 발우를 들고 느물거렸다.

"비켜드려라, 엎어질라. 우하하하."

생식 수좌는 그길로 조실방으로 달려갔다. 그런데 방 안이 휑하니 비어 있다. 조실도 공양간 한 귀퉁이에 아무렇게나 걸터앉아 찰밥을 먹고 있었다.

"조실 스님, 이럴 수 있습니까?"

생식 수좌가 소리쳤다.

"왜 그러는가?"

조실 스님이 찰밥을 씹다가 물었다.

"어디 이곳을 선찰이라 할 수 있겠습니까? 하나같이 식욕에 참패한 천치들이 모인 패배의 전당이 되지 않았습니까?"

"왜? 자네에게는 찰밥을 안 주던가?"

"저는 식욕에 참패하는 졸장부가 아닙니다."

"찰밥을 먹으면 졸장부인가?"

"적어도 선객이라면…."

조실이 발우를 들고 일어나 대뜸 생식 수좌를 발길로 내질렀다. 생식 수좌는 걷어채어 비실거리다가 중심을 못 잡고 옆으로 넘어졌다.

"아니 스님!"

생식 수좌가 넘어진 채로 멍하니 조실을 올려다보았다.

"이놈아, 찰밥 먹은 놈들은 발길질을 해도 넘어지지 않는데 그래서 견디겠냐? 신외무물身外無物이라 했다. 육신이 있어야 도도 있는 법이거늘, 누가 생식하라고 떠밀었냐?"

조실에게 한 방 먹은 생식 수좌는 다시 찰밥을 먹고 있는 도반들에게 가 눈에 불을 켜고 씩씩거렸다. 그러더니 두 손을 허리에 탁 갖다 붙이고 고함을 질러댔다.

"이 무지막지한 짐승들아! 그렇게도 맛나냐?"

찰밥을 먹던 도반들이 어이가 없어서 그를 쳐다보았다.

"너희들이 그러고도 선객이냐?"

"찰밥을 먹으면 선객이 아니냐?"

누군가가 소리쳤다.

"적어도….'

"개소리 치워라."

저잣거리에서 주먹깨나 썼다는 어깨 스님이 일어났다.

"오메, 요것이 눈만 새파랗게 살았네이."

"왜 이래?"

허리에 손을 얹고 섰던 생식 수좌가 턱 밑까지 와서 들이
미는 어깨 스님에게 이맛살을 찌푸렸다.

"차려엇!"

어깨 스님이 갑자기 소리를 질렀다. 생식 수좌도 질 기세
가 아니었다. 자세의 변화 없이 어깨 스님을 노려봤다.

"오메, 새파란 눈이 더 빛나부리네. 일본 놈들 졸병 계급
장 같당께."

"같은 값이면 졸병이 뭐여?"

누군가가 거들었다.

"내가 보기엔 그래도 산전수전 다 겪은 장급 같은디."

"야야, 공중전은 안 치렀냐?"

다른 이가 비아냥댔다.

"나이도 새파란 것이 오메, 요 터럭 좀 보소. 얼매나 못 먹었으면 색깔이 다 하얗게 새버렸네이. 차려엇!"

그래도 생식 수좌는 지지 않겠다는 자세다.

"조교의 말이 들리지 않나?"

"내 더러워서…."

"뭐? 내가 더럽다고? 오메, 그라고 보니께 그대는 생쌀만 먹어서 깨끗하네이. 그런데 내가 보기에는 그대 배 속에 꺼시이만 그득할 것 같네이. 왝왝."

"젠장, 이 판도 다 버렸군."

순간 생식 수좌의 눈에서 눈물이 하염없이 흘러내렸다.

얼마 후 생식만 하던 수좌는 정진하다가 쓰러졌다.

성철은 바랑을 지고 산문 밖으로 사라지는 스님들의 뒷모습을 바라보았다. 어제 쓰러진 생식 수좌의 뒷모습에 눈길이 멈췄다. 겨우 눈을 뜬 그는 성철이 먹여주는 미음을 받아먹고 생기가 돌아왔다. 하지만 여전히 몸을 일으켜 세우지 못했다. 마침 의술에 정통한 스님이 있어 진맥했더니 위장이 말이 아니란다. 당장 병원에 가야 할 형편이라고 했다. 그제야 생식 수좌는 정신이 번쩍 든 표정이었다. 만성 위염으로 위에 천공이 생겼고 잘못하면 위암으로 진행될 수도 있다는 말에 말문이 막혔다.

생식 수좌를 병원으로 보내기 위해 스님들은 돈을 모금했다. 성철은 집에서 가져온 손목시계를 내놓았다. 몇 푼의 돈과 함께 만년필과 책을 내놓은 스님도 있었다. 어떤 스님은 차비를 탈탈 털어 바랑을 메고 나서는 그에게 찔러주었다.

성철은 쓸쓸히 멀어져가는 그의 눈가에 눈물이 맺힌 것을 분명히 보았다. 그는 성철에게 이런 말을 남겼다.

"한판 도박에 또 진 것 같습니다. 이제 부처에 대한 도박도 모두 끝난 것 같군요."

날이 갈수록 선방의 결석자가 늘어났고 지대방이 차기 시작했다. 대중이 많아지자 자연스럽게 우스갯소리가 늘고 여기저기 웃음꽃이 피었다. 하나같이 선방에서 쫓겨나 차라리 잘됐다는 듯이 마음을 풀어놓고 있었다. 크게 웃다가 질금질금 눈물을 흘리는 스님도 있었다. 성철은 그 스님의 모습을 보면서, 너무 웃어서 나는 눈물이거나 참패를 해버린 선승의 진한 참회일지도 모른다는 생각을 했다. 아니, 어쩌면 송곳 같은 참패의 칼날이 저마다의 웃음 속에 저며들어 있을지도 모른다.

그러는 사이 하안거의 끝이 보이기 시작했다. 아궁이의 꽃불이 죽어가는 가운데 알불 속에 감자를 구워 먹으면서 선찰의 밤은 깊어만 갔다.

'이 뭐꼬?'

하안거 해제가 가까워지자 선객이 거의 절반으로 줄어들었다. 조실 스님은 주야로 일주일을 견디는 초인적인 모습을 보였다. 그야말로 용맹정진이었다. 조실 스님은 장좌불와長座不臥 정진하며 수면조차 거부했다. 마라톤 선수가 결승점에 이르기 직전 더욱 힘을 내는 이치와 같다고나 할까. 성철은 무섭다고 느끼면서도 늦출 수 없다는 생각에 힘을 냈다. 몰려드는 습관성 수마睡魔를 이겨내고 또 이겨냈다.

'그래, 이 뭐꼬? 네가 깨지나 내가 깨지나 어디 한번 해보자!'

경책 스님의 죽비 소리는 어깨에서 떠날 줄을 몰랐다. 고개가 절로 숙여졌다. 휴게 시간에 찬물로 세수하고 심기일전했다. 여름밤은 길기만 했고 탈락자는 계속해서 늘었다. 이제 마지막 고비다. 사지가 뒤틀리고 그저 눕고만 싶었다.

마디마디 뼈가 쑤시지 않는 곳이 없었다.

'아, 선각자들은 이 세월을 어떻게 견뎌냈을까?'

보리수 아래 앉아 있는 석존이 보였다. 머리는 길어 칡넝쿨처럼 엉클어져 땅 위로 흘러내렸고 지나던 산새가 어깨에 앉아 변을 누고 간다. 머리에도, 결가부좌한 다리에도…. 그래서 나중에 금어金魚들은 부처의 머리를 그렇게 그렸던가? 부처가 본시 곱슬머리였던가? 별생각이 다 든다.

왜 사람들은 남자인 관세음보살님을 여자라고 생각할까? 왜 금어들은 여자로 그릴까? 이상한 사람들. 왜 절에서는 여자 신도를 보살님이라고 할까? 보살이라면 부처가 되지 못한 수행자를 뜻한다. 비구보다도, 아라한보다도 높다. 부처보다 일각一覺이 모자란 수행자다. 왜 남자 신도에게는 보살님이라고 하지 않을까…? 오만 가지 쓸데없는 생각이 들다가 한순간 정신이 면경처럼 맑아지기도 했다.

금방 선정에 든 것 같은데 방선 죽비 소리가 들려왔다. 삼매다. 처음으로 삼매를 경험한 것이다.

일체의 의심마저도 사라져버린 절대 적멸. 백정식白淨識의 세계. 어쩌다 체험했을까. 석존처럼 문득 샛별을 본 것도 아닌데, 원효처럼 촉루를 본 것도 아니고, 서산 대사처럼 닭 울음소리를 들은 것도 아닌데 어떤 기연機緣이 찾아들어 나는 그런 경지에 들었을까? 고뇌하고 또 고뇌하다 그 절망의 극한점에서? 극악한 고뇌의 절망적인 상황에서? 그렇다면 그것은 틀림없는 평안이 아닌가.

"싸움이 아니야. 휴식이야. 그럼 평안이 오지."

스승 동산 스님의 말이 문득 떠오른다.

'맞다, 맞아.'

두 명의 선객이 바랑을 지고 떠났다. 성철은 그들이 사라지는 모습을 바라보다가 선방으로 돌아와 다시 화두를 잡았다. 자꾸 망상이 꼬리를 물고 늘어졌다. 언젠가 봤던 대장간이 다시 보였다.

대장장이가 굳은 표정으로 열심히 마치질을 하고 있다. 송골송골 이마에 땀방울이 맺혔고 칼날처럼 눈빛이 빛난다.

순간 하인을 데리고 양반네가 들어선다. 마치질을 하던 대장장이가 깜짝 놀라 그 앞에 황망하게 엎어진다.

"상감마마!"

'저 사람이 상감마마? 임금이란 말인가?'

상감마마란 사람이 주위를 살핀다.

"일어나거라."

그제야 대장장이가 일어나서 허리를 굽힌다.

"그래 잘되어가느냐?"

"그렇사옵니다."

상감이 대장장이가 만들고 있던 칼을 넌지시 본다.

"저것이냐?"

"그렇사옵니다."

"특별히 신경써야 할 것이다. 심검당에 모실 칼이니."

"그런데 도면 속의 문양을 도통 모르겠습니다."

임금이 칼을 들어 살펴본다. 몸체에 선명한 문양이 드러난다.

"짐이 듣기로는 법의 칼이라고 하더구나. 거짓과 위선을 잘라내는…. 이 칼을 심검당에 모시면 이 나라가 영원하리라. 팔만대장경을 수호할 것이니 어찌 부처님의 광음을 지키지 못하겠느냐."

"명심하겠사옵니다."

임금이 몸을 돌리려다가 문득 멈춰 선다. 때마침 대장간으로 들어서던 처자가 임금을 발견하고는 무릎을 꿇는다. 임금이 고개를 끄덕이다가 "과연!" 하고는 밖으로 나간다. 처자는 고개를 들어 왕이 나간 것을 확인하고서야 일어났다. 허리를 편 대장장이가 처자를 건너다보며 묻는다.

"왜?"

"저녁 들고 하세요."

"조금 이따 들어가마."

처자가 대장간을 나가고 나자 대장장이는 심혈을 기울여 다시 마치질을 시작한다.

탁 탁 탁.

어깨에 떨어지는 죽비를 의식하며 눈을 번쩍 떴다. 자세를 바로잡는데 반대편 어깨로 계속 죽비가 떨어졌다. 그 바람에 꿈속의 모습들이 일순간 달아나버렸다.

'이 뭐꼬?'

정신을 바짝 차리고 다시 화두를 잡았다. 머릿속이 먹먹하다. 가늘게 뜬 눈앞에 꿈속의 모습들이 스친다. 도대체 내가 무엇을 보고 있었나? 슬며시 짜증이 난다. 왜 대장간이 환영 속에 계속 보일까? 대장장이는 누군가? 현실에서 한 번도 본 적이 없는 인물이다. 상감마마라니? 잡고 늘어져야 할 화두는 어디 가고 옛날이야기라니?

고향에서 그런 이야기를 들은 것 같기도 하다. 그런데 왜 꿈에 자꾸 그 모습들이 보일까? 화두는 잃고 꿈에만 매달리다 보니 수마가 몰려와서 눈꺼풀이 천근만근 무겁다. 잠시 졸다가 정신을 바짝 차리고 안도의 한숨을 내쉰 후 다시 눈을 감는다.

대장장이는 여전히 칼을 만들고 있다. 대장간 밖에는 비가 내린다. 비는 순식간에 눈으로 뒤바뀐다. 눈이 녹자 개울물이 지줄대고 산등성이엔 지천으로 핀 진달래꽃들이 보인다. 화사한 꽃무더기 곁에 대장장이의 딸과 잘생긴 청년이 앉아 있다.

문득 눈을 떴다.

'또 졸았구나.'

경책 스님이 눈치를 못 챈 게 분명하다. 꿈의 실마리가 번개처럼 눈앞을 스쳤다. 대장장이의 딸과 청년이 산기슭에 앉아 있는 모습을 보았는데 그다음이 잘 생각나지 않는다. 눈을 뜨면서 경책 스님을 의식했기 때문일까?

정신을 차리려고 애를 써본다. 혀를 입천장에 올려붙이고 코로 숨을 들이마시며 호흡을 천천히 조절한다. 척추에 힘을 주고 꼿꼿이 몸을 세운다.

화두를 들었지만 쉬이 잡히지 않는다. 머리가 먹먹하다. 무언가 그림자 같은 것이 번개처럼 뇌리를 스친다. 머릿속이 섬뜩하게 베이는 느낌이다. 생생하게 떠오르는 꿈의 실마리를 따라가본다. 대장장이의 딸이 아이를 낳고 있다. 산

기슭에 그녀와 함께 앉아 있던 청년이 무슨 이유인지 대장장이가 만들던 칼을 메고 어디론가 가고 있다.

어느 사이에 그는 화공이 되어 있다. 금어인가? 그러고 보니 부처의 모습을 그리는 것 같다. 번쩍이는 칼날, 찢어져 나가는 화폭, 화폭 위로 후드득 피가 번진다. 피…, 그것은 분명 피다.

'뭘까?'

졸지 말자는 생각뿐이다. 이놈의 원수 같은 수마. 그 누가 천근만근 내려앉는 눈꺼풀을 칼로 싹둑 잘라버렸다던가? 칼, 칼이 필요하다! 내려앉는 눈꺼풀을 싹둑 베어버리고 싶다.

눈꺼풀은 사정없이 내려앉는다. 아아, 저건 졸음을 이기지 못한 어느 도반이 코 고는 소리인가? 아니다. 대장장이의 마치질 소리다. 어김없이 경책 스님의 죽비가 떨어진다.

탁 탁 탁.

그래도 내려앉는 이 눈꺼풀을 어이하면 좋을까. 차라리 산을 내려가버리자. 팔다리 쭉 펴고 마음대로 쉴 수 있고 잠잘 수 있는 곳으로 가자. 마음놓고 내 뜻대로 할 수 있는 집으로.

손등 위로 뚝 떨어지는 이것은?

성철은 자신의 칼날에 벌판 가득 무수히 널브러진 악마의 군사들을 보고 있다. 이겼구나. 비로소 무엇인가 조금은 알 것 같다고 생각했다. 그런데 이게 웬일? 또다시 사정없이 눈꺼풀이 내려앉는다.

탁 탁 탁. 경책 스님의 죽비가 어깨에 떨어진다.

해제일이 눈앞이어도 변한 건 하나도 없었다. 선정에서 깨어나자 옆의 도반이 말을 붙였다.

"왜 그러고 있소? 선도 쉬어가면서 해야지."

"견딜 만합니다."

성철은 제법 자신 있는 목소리로 대답했다.

"선은 싸우는 것이 아니라 쉬는 것이라오. 접어요, 접어."

"쉬고 있습니다."

도반이 희미하게 웃었다.

"이제 선객 냄새가 나네그려."

도반의 눈에 눈물이 맺혔다. 성철의 눈에도 이유 모를 눈물이 고였다.

입안에 모래를 문 것같이 밥이 씹히지 않았다. 은근히 먹고 싶었던 산나물이며 열무김치는 올라오지 않았다. 늘 똑같은 무장아찌 반찬.

"열무김치가 없으면 짠 섞박지라도 좀 주지."

아직도 식탐을 버리지 못한 도반의 음성이 서글펐다.

장마가 끝난 줄 알았는데 다시 비가 내렸다.

비가 오기 때문인가. 가슴 시리도록 외롭다. 선객이라고
세월 가는 것도 모를까. 선객은 모든 것을 버리고 이곳으로
온 사람들이다. 비정함을 먹고 사는 동물일지라도 인간이 아
닌 건 아니다. 봄이 오면 그 따스한 춘정이 온몸으로 느껴지
고 찬바람이 불면 가슴속에서 가랑잎 구르는 소리가 난다.

"세월 참!"

도반이 돌아앉으며 쩝 하고 혀를 차듯 중얼거렸다. 견성
見性은 멀리 있는데 해제일은 다가오니 선객은 더 외롭다는
말로 들렸다.

집이었다면 아내를 안고 누웠으리라. 흰 살결, 흰 가슴,
흰 손과 검은 눈동자, 검은 눈썹, 검은 머리카락과 붉은 입
술, 붉은 볼, 붉은 손톱. 그렇게 삼백三白, 삼흑三黑, 삼홍三紅
을 모두 갖춘 구색九色 미인은 아닐지라도 그 곱던 미소와
조신한 작태, 음전하던 모습. 강할 때는 한없이 강하고, 모
질 때는 한없이 모질고, 다정할 때는 한없이 다정하던 그
녀…. 그 아내와 함께 누워 있었으리라. 애는 낳았을까…?
분명히 사내아이리라. 어떻게 생겼을까?

고개를 내저었다.

지금 무슨 생각을 하나. 저기 석존이 있지 않은가. 그가 말하고 있지 않은가.

사랑하는 사람을 갖지 마라
미워하는 사람을 갖지 마라
사랑하는 사람은 못 만나 괴롭고
미워하는 사람은 만날까 두렵다
무소의 뿔처럼 혼자서 가라

그렇다. 선객에게는 화두가 있다. 그렇기에 외롭지 않다. 화두를 잡으면 생의 길이 있고, 화두를 놓으면 사의 길만 있다. 나약한 감상일랑 빨리 털어버리자.

드디어 해제일이다. 여전히 꿈은 없다. 막상 꿈이 없으니 마음속이 허전하다. 대신 해냈다는 기쁨 때문인지 그동안의 고통이 한순간에 씻기고 허전했던 마음이 눈 녹듯이 사라진다.

북이 운다. 새벽 예불을 알리는 사물四物인 법고와 대종, 목어와 운판이 운다. 대웅전이 환하게 밝아진다. 스님들이 모여들기 시작했다. 고요한 법당에 향 내음이 가득하고 예불 소리가 장엄하다.

구십 일간의 하안거가 그렇게 끝나가고 있었다. 조실 스님이 어깨를 두들겼다.

"선재, 선재라."

아침 공양이 끝나고 이내 조실 스님의 해제법문이 시작되었다.

"어허. 눈 속에 매화가 만발이로다!"

해제법문을 들으면서 성철은 흐르는 눈물을 닦았다. 그러면서 문득 무엇을 초월하기 위해 하안거에 임하지 않았다고 생각했다. 조화! 그렇다, 조실 스님은 조화를 말하고 있었다. 세상 만물의 조화를.

2장

만행

점검

1

"장하다. 너한테는 처음이라 힘들었겠지만 그럴수록 느끼는 것도 많았을 게다. 한번 들어보자. 뭘 느꼈느냐?"

동산 스님은 성철이 자리에 앉기가 무섭게 물었다.

"화두 잡기에 연연했을 뿐 다른 생각은 못했습니다. 대원사에서 홀로 참선할 때와는 분명히 다른 느낌이었습니다."

성철은 솔직하게 대답했다.

"그라믄 그 느낌을 말해봐라."

"어찌 느낌을 말로 다할 수 있겠습니꺼."

"무슨 소리인가? 느낌이 본질이다, 그 말인가? 본질이 직관直觀이다? 근데 뭘 봤느냐는 말이다."

"모르겠습니다. 오로지 화두만 생각하는 바람에."

"화두가 오롯하드냐?"

"잘 모릅니더. 화두를 잡기만 하면 잡다한 생각이 떠올라서."

"그럼 수행 중에 혹여 헛것을 보았느냐?"

"아닙니더. 대원사 가기 전에는 혼침인가 뭔가 하는 것 때문에 식겁을 했는데 이상하게 절에 오고 나서는 졸다가 꿈은 꿨지만 그런 기 없었습니더."

"이런! 속가에서 보던 혼침의 경지에도 들지 못했다 그 말인가?"

"화두를 풀려고 용만 쓰다 끝나버린 것 같습니더."

"어허, 왜 이러는지 모르겠구나. 저잣거리의 장사치도 기도가 간절하면 보호해주는 신이 나타나 손을 내밀거늘 그런 헛것조차 보지 못했다니. 그럼 결국 여름 한철 헛수행을 했다 그 말이냐?"

"스님, 화두를 들고 무념무상 속으로 들어가라 해놓고는 헛것조차 보지 못했다 하시니 그기 무신 말씀입니꺼?"

"이놈아, 혼침은 무념무상의 전 단계다. 네놈이 아무리 용을 써도 무념무상의 세계에 들리라는 기대는 없었다만 혼침의 세계 정도는 보리라 생각했는데…."

"그건 이미 속가에서 보던 깁니더."

172

"본고장에 왔으니 적어도 삼매의 경지에는 들어야 할 것이 아닌가. 쯧, 그러고도 몽중일여夢中一如라고 하다니⋯."

동산 스님의 얼굴이 지독한 조소로 일그러졌다. 성철은 갑자기 화가 치밀었다.

"졸 때마다 자주 이상한 꿈을 꾸긴 했습니더."

"꿈을? 말해봐라."

동산 스님은 성철의 꿈 이야기를 듣고 한참을 생각하다가 뜬금없이 물었다.

"용성 스님이 남긴 칼을 본 적이 있느냐?"

"없습니다."

"그렇겠지. 스님이 그 칼을 물려주실 줄 알았으나 그러지 않으셨다. 왜일까?"

"⋯?"

"나에게 법맥을 전하고 싶지 않아서?"

동산 스님이 묻고는 고개를 내저었다.

"아니다. 어느 날 당신은 내가 보는 앞에서 칼을 용광로 속으로 던져버렸어. 무엇 때문이겠느냐? 당신이 그러셨지. 본래본법성本來本法性. 깨치고 보니 잘라낼 것이 하나도 없더라는 거야."

성철은 고개를 갸웃했다. 본래본법성을 제대로 보려면

칼이 필요하지 않나? 깨치고 보니 칼이 필요 없다고? 왜? 자를 것이 없어져서?

성철의 생각이 거기에 미치는데 동산 스님이 속을 훤히 들여다본 듯이 말을 이었다.

"나도 너와 똑같이 생각했다. 그런데 용성 스승이 말씀하시길, 모든 것을 깨치고 보니 칼은 그저 칼일 뿐이라 하셨다. 천축의 칼이든 부처님의 칼이든 그저 칼일 뿐이라는 거야. 각자의 마음속 그림자. 그 칼에 의하여 깨침이 오지, 부처님이 남기신 칼에 의하여 깨침이 오지는 않더라는 거야. 이제 알겠느냐?"

성철은 또다시 고개를 갸웃했다. 알 듯 모를 듯한 말이었다. 동산 스님이 일어나 공양간으로 가더니 부엌칼을 가지고 들어와서 성철 앞에 놓으며 물었다.

"이것이 무엇이냐?"

성철이 어이가 없어 멍하니 스승을 쳐다보았다.

"대답해보아라. 왜? 모르겠느냐?"

"칼 아닙니꺼?"

"맞다, 칼이다."

"그런데요?"

"이것이 뭐겠냐?"

"예?"

"사람을 살리기도 하고 죽이기도 하지?"

"맞심더."

"자, 물어보자. 네가 이것을 칼이라고 했으니 칼이다. 그런데 하나는 부처님의 칼이요 하나는 부엌칼이다. 무엇이 다르냐?"

"하나는 깨침의 칼이요 다른 하나는 생활의 칼입니더."

동산 스님이 우하하 웃었다.

"깨침은 생활이 아니더냐?"

"예?"

"네가 부처고 내가 부처다."

성철은 자신도 모르게 눈을 감았다.

"너에게 묻는다. 칼은 하나인데 하나는 살인검殺人劍이요, 다른 하나는 활인검活人劍이다. 이 이치를 알겠느냐?"

"그래서예?"

"몰라서 되묻느냐?"

무슨 말인지는 알 것 같은데 그렇게 묻는 스승의 저의를 알 수 없었다.

"네놈이 속가에 있을 때 왜 그렇게 빨리 혼침의 경지에 든 줄 아느냐?"

"…?"

"그 어떤 선입관도 형성되지 않았기 때문이다. 즉 자리가 비어 있었기 때문이다. 다시 말해 정보가 전무했기 때문이란 말이다. 오로지 심신의 상태, 그것은 예수쟁이들이 혼신을 다해 기도할 때 그리스도가 들어와 그들의 손을 잡아주는 이치와 같다. 그런데 이곳으로 와 너는 일순간 타락해버렸다. 팔만대장경을 머릿속에 넣기 시작했고 머릿속이 정보화되었다. 경전 읽기는 선의 첫길이다. 첫길은 자세하고 친절하지만 짧아. 그 길이 두 번째, 세 번째 길이 되어서는 안 된다. 여기가 어디냐? 선방이다. 교방이 아니야."

"그럼 경전은 불교의 것이 아닙니꺼?"

"무어라?"

"경전을 충분히 읽어야 불교가 무엇인지 알 수 있는데 경전도 읽지 않고 어떻게 선으로 나아갈 겁니꺼?"

"이놈아, 한번 물어보자. 일생 동안 들여다봐도 다 못 읽을 경전을 한평생 읽고만 있을 것이냐?"

"부처님이 길을 가르치고 있지 않습니까."

"그럼 다시 묻자. 부처님이 불교를 문자로 알고 성도成道했더냐?"

"예?"

"이놈아. 그래서 교승이 선방에 들어앉았다고 말하는 것이다. 그런 무리가 한둘인 줄 아느냐? 네놈이 그 꼴 아니냐. 그래서 교승과 선승은 서로 다른 것이다. 교는 알음알이이므로 그 알음알이를 통해 깨침을 얻으려 한다. 하지만 그것은 깨달음이지 깨침이 아니다. 그들은 말하지. 깨달음이 익어야 깨침이 된다고. 그러나 벽돌은 아무리 갈아도 거울이 될 수 없는 법. 도란 닦음이 아니라 몰록 깨치는 것이다. 일체를 비우는 작업. 바로 네놈이 그토록 알고자 했던 알음알이를 모두 토해냈을 때 비로소 너의 심신이 거울같이 되는 것이다. 그때가 되면 순진무구한 본래의 너로 돌아갈 수 있다."

그 말을 듣고 성철은 꼬일 대로 꼬였다 생각했다. 경전을 읽고 수행하는 학승과 경전을 멀리하고 선에만 매달리는 선승 이야기인 듯한데 그 젊은 학승은 분명 경을 가까이하는 교승이었다. 그가 몸담은 곳이 어디라고 했던가? 상원사다. 월정사 말사. 거기에는 종정까지 지내신 천고의 학, 한암 스님이 있다.

그곳은 이 나라에서 둘째가라면 서러울 선찰이요, 그분은 바로 대선승이다. 게다가 불교의 대선승인 경허 스님의 제자가 바로 그분이다. 그런데 그들의 제자가 경을 가까이하고 있었다. 그렇다면 선승의 입장에서 볼 때 선방에 교승이 들어앉았다는 말이 맞다. 그럼 어떻게 된 것이냐는 말인데 정녕 몰라서 하는 말일까. 동산 스님 또한 경전을 끼고 있었지만 선을 반대하지는 않았다. 아니 지금까지 교승이니 선승이니 따지는 걸 본 적이 없다. 지금 그런 스승이 선과 교를 모질게 분별하는 것이다.

"스님, 그렇다고 하입시더. 그럼 평생 경전을 끼고 앉은 교승의 작태는 어떻게 설명할 깁니꺼? 그들은 부처님의 제자가 아니고 무엇입니꺼?"

"정말 몰라서 하는 소리냐? 선이 무엇이냐? 가만히 앉아 우주를 관하다 보면 문득 깨침을 얻을 수 있다는 것이 선이다. 그러므로 머릿속을 비우지 않고는 천만년 좌선을 해도 주어진 화두를 풀 수 없다. 논리나 사리, 추측 따위로 절대 풀지 못한다. 세속의 지식은 오히려 깨침에 방해가 되기 때문이다. 그것을 다 비우고도 견성하기가 어려운데, 문제만 생기면 먼저 논리적으로 풀려고 하니 깨칠 수가 없다. 이것이 배운 자의 병폐다. 이것이 세속에서는 성공의 발판이 될 수도 있지만 여기서는 아무 도움도 안 되는 악폐에 지나지 않는다."

"무슨 말씀인지 알 것 같기는 한데, 그라믄 저 팔만대장경은 왜 여기에 있는 깁니꺼? 평생 경전을 통해 깨달음을 얻으려는 학승은 스님이 아니라는 말씀입니꺼?"

동산 스님이 성철을 쏘아보았다.

"그래서 지해종도知解宗徒라고 하는 것이다."

"지해종도?"

"알음알이를 좇아가는 무리들. 그들은 부처님 말씀을 익히고 부처님 가르침대로 공부하는 무리들이다. 중국의 육조혜능 선사는 일자무식이었지만 불맥佛脈을 이을 정도로 도심이 깊었다. 학승은 평생을 부처님 말씀에 매달려도 혜능 선사의 경지에 이르지 못하는 이유이다. 그 뜻을 모른다면 팔만대장경이 무슨 소용이랴. 그래서 팔만대장경이 존재하는 것이다. 그 뜻을 알라고!"

"그렇다믄 모순 아닙니꺼?"

"모순? 이놈아, 불교 자체가 모순이다. 풍광이 변해 모순이 되기 때문이다. 어찌 네놈이 그 뜻을 알랴. 이렇게 생각하면 되겠네. 오늘 네놈이 깨쳤다 하자. 문득 깨치고 보니 할말이 없다. 왜? 진리는 문자를 세우면 진리가 아니기 때문이다. 말을 내뱉으면 그것은 이미 사구가 되어버리기 때문이다. 죽은 말. 그렇다고 깨침의 세계를 노래하지 않을 수 없으니 깨친 이는 모순 속으로 들어갈 수밖에. 오늘부터 너는 결코 경을 가까이하지 말지어다."

동산 스님은 벌컥 문을 열어 시자를 불렀다.

"가서 이놈이 보던 경전을 모두 밖으로 내놓아라."

시자가 영문을 몰라 눈을 번뜩였다. 대중들이 하나둘 모여들었다.

"어서!"

서슬 시퍼런 동산 스님 말에 대중들이 성철의 방으로 몰려갔다. 성철이 가지고 있던 경전들이 도량에 수북이 쌓였다. 동산 스님이 불전 위에 놓여 있던 성냥을 들어 한 치의 망설임도 없이 경전들을 향해 던졌다.

"불을 붙여라."

성철이 더는 참지 못하고 벌떡 일어났다.

"스님, 왜 이러십니꺼?"

동산 스님은 아랑곳하지 않았다. 성철에게 눈길 한번 주지 않고 대중들을 향해 다시 소리쳤다.

"어서 불을 지르라는데도!"

경전이 불타기 시작했다. 불길은 혀를 날름거리며 경전을 휘감아 돌았다.

2

어느 날 성철은 선방 구석에 낡고 두툼한 책이 놓여 있는 걸 보고 책장을 펼쳤다.

"…팔만대장경이라니까 굉장히 벅찬 것 같지만 사실 알고 보면 몇 푼어치가 안 되는 것이다. 왜냐? 그 모두가 화엄 세계로 끌고 가기 위한 방편이니까. 오직 이 우주는 우리의 한 생각이라는 것, 우리 한 생각이 우주 만유의 핵심이라는 것, 그것은 똑같다."

내가 이 말을 한암 스님에게서 처음 들었을 때 '무엇이 똑같다는 걸까?' 하는 의문에 사로잡혔다. 지知와 각覺과 선禪에 대한 생각으로 머리가 아플 지경이었다. 그의 말대로 지, 즉 교教라는 것은 우리가 얼마든지 배워서 알 수가 있다. 얼마든지 생각으로 얻을 수 있기 때문이다. 그렇다면 부처님의 말씀인 교를 통해 각, 즉 부처님의 마음은 얻을 수 없을까?

스님의 말을 가만히 생각해보면 이런 말이었다. 여기 맛있는 음식이 있다. 먼저 먹은 이가 부처님이다.

"부처님 맛이 어떠십니까?"

부처님은 그 맛을 설했다. 그것이 교다. 그러나 그 말씀만으로 듣는 이는 음식의 진정한 맛을 알 수가 없다. 그래서 부처님은 직접 먹어보라고 했다. 그것이 선이다. 그렇다면 선은 배워서 아는 게 아니라는 말이 성립된다. 교는 우리가 배워서 알고 생각해서 얻을 수 있지만 선, 즉 부처님 마음자리인 선은 생각이 끊어져야만 거기에 합한다는 뜻이 되기 때문이다.

그렇기에 한암 선사는 내게 교와 선을 함께 가르쳤다. 그분은 내가 자신의 뜻을 받아들여 화엄학에 일생의 꿈을 걸기를 부탁하고 있었다. 그리고 오늘에 이르러 그렇게 얻은 각의 최종적 모습은 생각이 끊어진 자리라고 설파하고 있다. 하기야 생각이 없는데 지옥이 어디 있고 극락이 어디 있으며, 내가 어디 있고 네가 어디 있겠는가.

"교는 다리가 되고 선이 손이 될 때 불성은 꽃처럼 피어난다"는 말을 하고 있는 것이 아닌가. 그렇다면 교는 선과 하나가 되어야 드디어 부처님의 마음이 된다는 말은 증명된다. 내가 부처님의 말씀을 통해 선에 다가가려는 이유가 여기에 있다. 교가 익으면 선은 저절로 내게 와 있을 터이기 때문이다.

성철은 책을 읽고 난 뒤 마치 뒤통수를 맞은 듯 정신이 얼얼했다. 선과 교를 명징하게 해석한 내용이었다. 성철은 책을 쓴 저자의 이름과 사진을 보다가 깜짝 놀랐다. 그는 선방에서 만난 강주 스님, 바로 탄허였다.

탄허택성呑虛宅成은 전북 김제 출생이다. 유가의 가문에서 태어나 한암 스님의 저서에 감화되어 상원사로 출가했다.

그는 선방에 들어앉아 배짱 좋게 경전을 번역하면서 천하의 지식인들을 제도한다고 했다. 한순간에 금어선원을 교방으로 만들어버린 인물이다. 그는 돌가루와 이끼로 만든 돌죽으로 끼니를 대신하면서 선방의 납자들은 정작 선을 모르는 선의 무리라고 비웃었다.

한국의 국보로 불리던 양주동을 무릎 꿇게 한 것도 모자라 석학 함석헌이 그의《장자莊子》강의를 듣고 감복한 나머지 머리 숙여 존경의 뜻을 전하기도 했다. 당시 함석헌은 학생들에게 강의하면서 "옛날의 장자가 다시 돌아와 자신이 쓴 책을 설한다고 해도 오대산에 있는 그 지혜로운 호랑이를 결코 당하지 못할 것"이라고 했다던가.

성철의 가슴속으로 싸한 아픔이 밀려들었다. 이자가 지금 무슨 소리를 하는가. 예전 같으면 그대로 받아들였을 그의 주장은 동산 스님과 완전히 반대되는 것이었다.

얼핏 생각하면 그럴듯해 보인다. 하지만 동산 스님은 앎을 어떻게 보는가. 깨침의 방해물로 보지 않는가. 자신에게 들어온 정보를 모두 비워내야 비로소 깨침의 세계가 온다고 하지 않는가.

성철은 교와 선 사이에서 내내 혼란스러웠다.

동산의 용

성철은 마음을 다잡고 범어사 원효암으로 가서 동안거에 들었다. 하안거의 경험이 있어서인지 원효암에서는 참을 만했다.

동안거를 끝내고 범어사 산내 암자인 내원암으로 가니 용성 스님이 기다리고 있었다.

"어서 오너라."

스승의 스승. 말로만 듣던 용성은 정말 대단한 스님이었다. 그는 왜색 불교에 맞선 범어 문중의 중흥조였다. 조선의 선맥이 임제종臨濟宗임을 천명하고 종단을 팔고 조상을 바꾼 매종역조賣宗易祖의 친일 행위에 정면으로 맞선 선지자였다.

용성 스님은 〈3·1독립선언서〉를 만들 때 공약 3장에 "최후의 일인까지, 최후의 일각까지 민족의 정당한 의사를 쾌히 발표하라"는 문구를 넣었다. 서울 종로에 대각사를 개창하고 선학원을 세운 이도 그였다. 그는 진정한 칠불계맥七佛戒脈의 계승자였다.

칠불계맥은 조선시대 대은大隱 화상에게서 시작된다. 대은 화상은 지리산 칠불선원에서 이레 동안 기도했다. 그때 상서로운 빛이 내려와 저절로 향의 심지에 불이 붙었다. 이를 서상수계瑞祥受戒라고 한다. 상서롭고 향기로운 계맥이 끊어졌다가 다시 이어진 것이다. 그 계맥은 금담金潭, 초의艸衣, 범해梵海, 선곡禪谷, 용성에 이른다. 용성 스님은 1884년, 스물한 살의 나이에 선곡 스님으로부터 통도사 금강계단에서 칠불계맥을 전해 받았다.

그것이 동산 스님에게로 전해졌다. 동산 스님이 칠불계맥을 전수한 것은 성철이 스승을 따라 범어사로 온 그해 11월이었다. 성철은 그 현장을 직접 지켜보면서 주먹을 불끈 쥐었다.

당시는 이 나라 불교의 지계持戒가 속절없이 무너져 있었다. 더욱이 왜색 불교의 영향으로 계맥이란 말 자체가 사라진 지 오래였다. 파계의 그늘은 어디에나 생활처럼 너울졌다. 그것을 바로잡으려는 계맥이 시퍼렇게 전해지는 중이었다.

다음해, 성철은 범어사 금강계단에서 비구계를 수지했다. 그의 바랑 속에는 자신이 지켜야 할 계율이 들어 있었다.

아녀자는 쳐다보지도 않는다.

헛된 말에 귀기울이지 않는다.

돈과 재물에 손대지 않는다.

좋은 옷은 입지 않는다.

신도의 시주물에 현혹되지 않는다.

비구니 절에는 그림자도 비치지 않는다.

독한 채소는 그 향을 맡지 않는다.

고기는 씹지 않는다.

시시비비에 마음 쓰지 않는다.

좋고 나쁜 기회에 따라 마음을 바꾸지 않는다.

절을 하는데 여자아이라도 가리지 않는다.

타인의 허물은 농담도 하지 않는다.

세수 일흔넷의 형형한 눈빛이 성철을 내려다보고 있었다.

"성철이라고?"

손상좌를 쳐다보며 용성 스님이 물었다.

"예."

용성 스님이 빙긋이 웃었다.

"큰스님, 시봉 잘 두셨습니다. 몸이 튼튼해 보이니…."

곁에 있던 주지 스님이 농담을 했다.

"이 사람아, 승이 시봉을 두는 것은 못나서인 게야. 그만 큼 갈 날이 가까워졌다는 말이 아닌가."

무슨 일이든 손수 해야 직성이 풀리고 시봉 두는 것을 오히려 부끄러워하는 큰스님이었다.

그는 결코 어떤 스님도 스님이라 부르지 않고 꼭 선생이라고 불렀다. 그런데 이상하게도 성철만은 꼭 스님이라고 불렀다.

어느 날 성철이 물었다.

"왜 지한테만 스님이라고 부르십니꺼?"

"다른 중들 가운데는 스님이라고 부를 만한 사람이 없다."

"무슨 말씀입니꺼?"

"너를 보니 비로소 스님이라고 부를 만하다는 생각이 들어서 그러니 부지런히 수행하거라."

용성 스님은 그토록 성철을 미덥게 여겼다. 나중에 서울로 옮겨갈 때도 성철을 시봉으로 데려갔다. 그런데 성철은 딴생각을 하고 있었다. 정작 자기 공부를 할 시간이 없었던 것이다. 아난다가 부처님을 모시다 보니 견성이 늦어졌다는 이유가 바로 여기에 있었구나 생각했다.

성철은 용성 스님을 부산역까지만 모셔다드리고 줄행랑을 치고 말았다. 그렇게 용성 스님 곁을 떠나 여러 곳을 돌아다녔다. 그러다 동화사 금당선원으로 갔다. 거기에 자신을 아는 도반 하나가 끼어 있을 줄은 꿈에도 생각지 못했다. 성철은 결국 도반의 고자질로 동산 스님이 보낸 대중들에게 끌려갔다.

동산 스님은 말이 없었다. 천하의 후레자식, 하늘 같은 스승을, 어쩌고 할 줄 알았는데 어떤 비난의 말도 없었다.

"만행 잘하였느냐?"

그뿐이었다.

밖이 어수선한 것 같더니 대여섯 명의 스님들이 절 안으로 들어섰다. 하나같이 범상치 않은 인물들이었다. 모두 큰 스님들이 분명했다. 그들은 절 안으로 들어와서 동산 스님을 찾았다. 부리나케 달려나간 주지 스님이 연신 허리를 굽혔다. 뒤이어 동산 스님의 방문이 벌컥 열렸다.

"아니 이 욕쟁이가 어쩐 일이래? 어째 그동안 통 보이지 않는다고 했더니…."

동산 스님이 눈이 부리부리한 스님을 보며 한마디 했다. 성철은 영문을 모른 채 다가갔다.

"야, 이 썩어빠질 놈들아, 왜 또 왔느냐."

동산 스님이 천진한 어린애처럼 말했다. 죽었다 살아온 어머니를 만난 듯한 정겨움이 목소리에서 물씬 묻어났다. 그들은 동산 스님 방으로 몰려갔다.

"사형이 여기서 가부좌를 틀었다는 말은 일찍이 들었지만…. 어따, 몸이 많이 불었소이. 시줏밥이 거나한가 보네."

"여전하구나. 니놈의 입주댕이."

입주댕이? 성철은 고개를 갸웃했다. 동산 스님의 입이 걸다는 건 대중이 익히 아는 사실인데 그보다 더 입이 거친 스님이 온 것이다. 성철은 내심 못마땅했다. 자신이 동산 스님의 방을 잘못 찾아왔나 싶기도 했다.

그날 성철은 방에서 흘러나오는 쌍소리를 종일 옆방에서 들어야만 했다. 동산 스님만이 아니었다. 수행한다는 스님들이 입만 열면 육두문자였다. 성철은 결국 의구심을 버리지 못하고 주지 스님에게 물었다.

"저분들 스님 맞습니꺼?"

주지가 말뜻을 알아차리고는 허허허 웃었다.

"찾아온 스님, 본시 욕쟁이라고 소문난 사람이야."

"아무리 그래도 글치."

"춘성春城이라고 천하의 욕쟁이지. 이 사람 실망이 큰가 보네?"

"이 신성한 곳에서…. 스승님은 그동안 욕도 못 하고 어떻게 사셨는지 모르겠네."

"허허허."

주지 스님은 그저 웃기만 했다.

주지 스님의 말에 따르면, 춘성 스님은 강원도 인제군 원통리에서 태어나 열세 살에 백담사로 출가했다. 근대 불교의 전설적 인물인 만해 한용운 스님의 제자라고도 했다. 감옥에 갇힌 만해 스님에게 몰래 〈조선 독립의 서〉를 받아낸 다음 상하이 임시정부로 보낸 이도 그였고, 추운 감옥에서 고생하는 스승이 눈물겨워 겨우내 장작을 쌓아놓은 채 불도 때지 않고 살던 이였다. 옥중으로 솜옷 한 벌 지어 보냈다가 스승인 만해 스님으로부터 파문을 당하기도 했던 사람이 바로 춘성 스님이라고 했다. 만해는 무슨 돈으로 솜옷을 지어왔냐고 따졌고, 결국 춘성이 밭뙈기를 팔았다고 실토하자 절 살림을 사사로이 유용했다며 스승과 제자의 인연을 끊어버렸다는 것이다.

"그 스승에 그 제자네예."

듣고 있던 성철의 말에 주지 스님이 고개를 주억거리다가 말했다.

"이해할 수 없는 건 특히 욕을 잘한다는 것이야."

"얼마나 욕을 잘하시길래예?"

"암튼 욕하는 데는 위아래가 없는 분이야."

"그러니까 더 궁금해지네예?"

"마흔 살에 덕숭산 수덕사에서 만공 스님을 모시고 있었는데 어느 해 겨울이 몹시 추웠다네. 수덕사의 암자 정혜사에서 불도 지피지 않고 장좌불와를 거듭하다가 마지막 동안거 결제일에 잠에 항복하고 말았다고 하네. 그때부터 잠이 오면 한겨울 차디찬 항아리에 물을 받아 홀딱 벗고 들어갔다는군."

"대단하네예."

정말 대단한 스님이었다. 훗날 성철이 온전한 승이 된 후에도 춘성 스님에 관한 소문은 끊이지 않았다.

어느 해, 여자 신도 두 사람이 기도를 드리러 절간으로 들어섰다. 밍크코트를 걸친 모습이 돈깨나 있어 보였다. 주지 스님이 부리나케 그들을 맞았다.

"큰스님, 안녕하세요?"

때마침 밖으로 나오던 춘성 스님을 보고 여자들이 반갑

게 인사했다. 춘성 스님이 여자의 옷에 시선을 두고 물었다.

"누구신가?"

"스님, 큰 회사를 경영하는 이철민 회장님의 사모님이십니다."

주지 스님이 옆에 서 있다가 대신 답했다. 그때 대뜸 춘성 스님이 밍크코트를 걸친 여자에게 물었다.

"네 몸에 걸친 옷이 짐승 털가죽이냐?"

다짜고짜 반말로 묻자 여자는 얼굴을 붉히면서 당황했으나 이내 온순한 태도로 몸에 걸친 자신의 밍크코트를 가리켰다.

"아, 이거요? 예, 맞아요. 밍크코트예요."

"그거 되게 비싸겠구나?"

여자가 멋쩍게 웃었다.

"값이 조금 나가죠."

"에라이, 쎄 빠질 년."

춘성 스님의 입에서 느닷없이 욕이 터져 나왔다. 스님은 여자 앞으로 달려들며 다시 소리쳤다.

"네 이년, 옷을 벗어라."

갑작스러운 춘성 스님의 행동에 넋이 나간 건 여자들만이 아니었다. 주지도 멍하니 있다가 깜짝 놀라서 뒤늦게 달려들었다.

"큰스님! 왜 이러십니까?"

"네 이놈, 물러서지 못하겠느냐?"

춘성 스님이 눈에 불을 켜고 주지를 향해 고함을 질렀다. 그 기세에 놀란 주지가 주춤하며 물러서자 춘성 스님이 여자의 밍크코트를 잡았다.

멀찍이서 이 광경을 지켜보던 스님이 끌끌 혀를 찼다.

"춘성 스님, 또 발동 걸리셨네."

그러는 사이에도 춘성 스님은 여자의 옷을 벗기려고 안간힘을 쓰며 고함을 질렀다.

"벗어, 이년아."

"아니 스님, 왜 이러세요?"

여자가 목소리를 높였다.

"왜 이래? 못 벗겠다는 말이냐?"

여자는 어이없는 상황에 자꾸 주지 스님을 쳐다보았다. 말린다고 될 일이 아니라는 듯 주지 스님은 나 몰라라 그 자리를 벗어났다. 그러자 여자가 앙칼진 눈빛으로 춘성 스님을 쏘아봤다.

"옷을 벗으라니 대체 왜 이러세요!"

"아니 이 쎄 빠질 년이 벗으라면 벗지 뭔 말이 많아. 빨리 벗어, 이년아."

춘성 스님은 여자가 몸에 걸친 밍크코트를 기어이 벗겼
다. 여자는 옷을 빼앗기고 망연자실해서 우두커니 서 있었
다. 밍크코트를 손에 든 춘성 스님은 그길로 공양간으로 달
려가서는 장작불이 활활 타고 있는 아궁이 속에 옷을 구겨
던져버렸다. 당황한 여자의 표정이 마치 넋이 나간 사람 같
았다. 짐승의 털이 타는 누린내가 온 절간을 휘감았다.

그 일로 인해 결국 사달이 나고 말았다. 집으로 돌아간 여
인은 아무리 생각해도 억울해 견딜 수 없었던지 사하촌 경
찰서에 고소했다. 춘성 스님이 남의 밍크코트를 태워버린
죄로 연행되어 조사를 받은 것은 그날 저녁이었다.

경찰이 조서를 쓰기 위해 춘성 스님에게 물었다.

"이름이 뭐요?"

"야 이놈아, 중에게 이름이 어딨냐."

"아니, 부르는 이름은 있을 거 아니오?"

"이놈아, 그건 이름이 아니라 법명이나 법호라고 한다.
무식하기는."

"그래 법호가 뭐요?"

"춘성이다."

"그럼 법명은?"

"춘성이야."

"그게 그거잖소."

"아니지, 이놈아. 하나는 봄이 다 익었고[春成], 하나는 성안에 봄이 꽉 찼다[春城] 이거야."

"원, 무슨 소릴 하는 건지."

경찰이 투덜거리자 춘성 스님이 또 한마디했다.

"하기야 네깟 놈들이 그 뜻을 어찌 알겠냐."

경찰은 한숨을 쉬고는 다시 물었다.

"본적이 어디요?"

"본적? 내 본적이야 우리 아버지 그것이지."

경찰은 어이없는 표정으로 춘성 스님을 쳐다보다가 벌컥 화를 냈다.

"이 늙은 중이 미쳤나? 고향이 어디냔 말이오, 고향이?"

"이놈아, 내 고향이야 우리 어머니 그곳이지 어디겠어."

"이 영감탱이 순 땡중이네."

거침없는 대답에 경찰이 화도 못 내고 벙벙한 표정으로 춘성 스님을 쳐다보다가 혼자 투덜거렸다.

그때 춘성 스님을 고발한 여자는 가까스로 고소를 취하했다. 다른 스님이 대신 사과하고, 부처님 모시는 큰스님에게 이러면 안 된다며 설득했다. 그제야 경찰은 춘성 스님을 내보냈다.

"가쇼, 가."

경찰은 귀찮다는 듯 스님의 등을 떠밀었다. 춘성 스님은 경찰서를 나오면서도 여자에게 욕설을 퍼부었다.

"이 쎄 빠질 년아, 짐승 털가죽을 벗겨 네년 몸을 감싸니 엄청 따뜻하디? 내 그 짐승을 천도해주었거늘, 고맙게 생각하지는 못할망정 고발을 해? 당장 가서 천도비 가져오너라. 만약 가져오지 않는다면 네년 무간지옥에 가라고 부처님께 기도할 것이다. 에이, 썩어빠질 년!"

그뿐만이 아니었다. 권력자에 아부하는 군상들만 보면 국회의원, 아니 대통령 부인이라도 가만두지 않았다.

서슬 퍼렇던 박정희 독재 시절, 불교 신자인 육영수 여사가 생일을 맞아 청와대로 고승들을 초청한 적이 있었다. 그 자리에서 스님들이 연신 굽실거리자 춘성 스님은 이맛살을 찌푸렸다. 그걸 눈치챈 여사가 분위기를 좀 바꿔보려고 스님에게 생일법문을 청했다.

춘성 스님이 마이크를 잡았다. 다른 스님들이 긴장한 얼굴로 지켜보고 있는데 아니나 다를까, 춘성 스님이 기어코 법문 하나를 남겼다. 정말 천하가 뒤집어질 소리였다.

"에, 오늘은 이 나라 대통령의 아내 되는 육영수란 여자가 어머니 ××에서 나온 날이다."

인간의 언어가 지닌 각각의 숭고한 뜻이 위선과 고정관념에 가려져 있는 게 안타까워서 춘성 스님은 그렇게 욕을 해댔는지 모른다.

그 후 육 여사는 다시는 춘성 스님을 찾지 않았고, 춘성 스님 말만 나오면 고개를 돌려버렸다고 한다.

안과 밖

화창한 날이었지만 산속이어서인지 날이 심상치 않게 추웠다. 절간 곳곳이 꽁꽁 얼어붙은 터라 스님들은 하나같이 몸을 움츠리고 다녔다. 그런 와중에 오대산에서 누군가 온다는 소식에 궁금해하던 성철은 산문으로 들어서는 객을 보고 놀랐다. 바로 강주였던 탄허 스님이었다. 천하의 지성인들을 무릎 꿇린 사람, 그 누구도 엄두조차 못 낼 《화엄경》 번역을 해낸 그가 당당하게 선방으로 들어서고 있었다.

멀리서 그가 다가오는 모습을 멍하니 보고 있는데 그는 바람처럼 성철을 지나쳐 곧장 동산 스님 방으로 들어갔다. 성철을 전혀 못 알아본 것이다.

화선지에 큰 붓을 휘두르고 있던 동산 스님은 탄허 스님을 보고는 죽었다 다시 살아난 사람을 만난 것처럼 반가워

했다.

"어서 오시게! 어서."

"그동안 강녕하셨습니까?"

"이리 들게나."

탄허 스님이 들어와 방을 휘둘러보면서 한마디했다.

"책이 참 많습니다그려."

산더미를 이룬 책 뭉치가 눈앞을 스쳤다. '학승은 지해종도'라고 하던 이가 바로 그 아니었던가?

"치운다 치운다 하면서도….."

동산 스님은 탄허 스님을 향해 교승이니 뭐니 하던 때와는 달리 말을 얼버무렸다.

"군이 치울 것까지야. 부처님이 섭하시겠습니다."

"그런가? 허허허…."

"이곳 금어선원 물 좀 먹으려고 또 왔습니다."

"아이고, 어련하시겠는가!"

그길로 탄허 스님이 선방으로 가서 들어앉자 성철은 동산 스님의 속을 도저히 모르겠다고 생각했다. 대중들도 입을 삐죽거렸다.

"그러니까 둘이 사형 사제란 말이지?"

이게 무슨 말인가 싶었다. 나중에 알아봤더니 그런 말이

나올 만도 했다. 용성 스님이 살아계실 때 제자인 동산 스님을 큰 인물로 만들기 위해 한암 스님 문하에 보낸 적이 있었다. 그런데 용성 스님의 생각과는 달리 한암 스님은 동산 스님을 받아주지 않았다.

"돌아가지 못합니다."

동산 스님이 떼를 썼다.

"돌아가지 않으면?"

"암자 주위에다 토굴을 파고 들어앉을 것입니다."

"이 사람아, 여기가 어딘가. 사나운 짐승들에게 잡아먹히고 말 게야."

"죽어도 좋습니다."

"참, 남의 자식이라도 어쩔 수가 없네."

그날 밤 성철은 탄허 스님의 방으로 들어갔다.

"누구신가?"

탄허 스님이 물었다.

"이곳의 수좌입니다."

"그런데?"

"저를 모르시겠습니꺼?"

탄허 스님은 조금 전과 달리 희미하게 웃었다.

"알고 있습니다. 그런데요?"

"이 나라 최고의 학승이라고 소문이 나서 이렇게 찾아뵙습니다. 교승으로서 선찰에 들어와 앉았으니…."

탄허 스님이 갑자기 하하하 웃었다.

"내가 교승이라는 말이로다."

성철이 그렇지 않으냐는 듯 그를 쳐다봤다. 탄허 스님이 잠시 성철을 바라보다가 물었다.

"그대도 그대의 스승처럼 내게 돈점頓漸을 시비하고 싶은 것이오?"

"돈점?"

성철이 되뇌고 나서 대답했다.

"솔직히 그렇습니다."

"이놈의 곳에만 오면 왜 그렇게 그것 가지고 시비인지 모르겠구나. 그럼 내 시비해드리지. 그래, 선禪의 본질이 무엇이오? 가만히 앉아 우주를 관하다 보면 문득 깨침을 얻을 수 있다? 그게 곧 선의 본질이오?"

"그렇지 않습니꺼? 이해가 되지 않습니다. 선승인지 학승인지…. 선승이면 선승답게 알음알이를 버려야 할 것이요, 학승이면 학승답게 경전에 일관해야 될 낀데 학승이 선승의 선방에 들어앉기 위해 왔다니 이게 말이 되는 소린가 해서…."

탄허 스님이 '이 올챙이 같은 선승을 어떡할까?' 생각하다가 한마디 던졌다.

"그대도 내 글을 본 모양이군?"

"봤습니더. 어떤 사람인가 해서…."

"그럼 무엇인가? 문자를 가까이했다는 말 아닌가?"

성철은 입을 딱 벌렸다.

"하기야 어쨌거나…. 그대의 스승 동산 스님이 종조宗祖를 알음알이나 밝히는 지해종도라고 나무라기는 했었지. 그럼 그대도 쫓겨나야겠구먼."

"예?"

"그렇지 않소?"

대중들은 성철이 탄허 스님의 말에 아무런 반박도 못 하고 물러났다는 걸 알고는 비웃었다.

다음 날 저녁 무렵이었다. 성철은 동산 스님이 찾는다는 소리를 듣고 한달음에 달려갔다. 동산 스님은 화선지를 앞에 놓고 붓을 휘두르다가 돌아봤다.

"어제 탄허를 만났다고?"

"이상해서…."

"무엇이? 왜 교승을 보니 반가워서? 옛 생각이 나더냐?"

"아닙니더."

"아직도 문자에 대한 염을 끊지 못하고 있다니…."

갑자기 화가 났다. 지금 쓰고 있는 것은 문자가 아닌가?

"스님이 지금 쓰시는 글은 문자가 아닙니꺼?"

생각지도 않은 말이 입 밖으로 터져 나왔다. 붓을 휘두르던 동산 스님은 눈썹 하나 까딱하지 않았다. 그는 그대로 큰 붓을 휘두르다가 불쑥 한마디 내뱉었다.

"무방無方이다."

"무방?"

동산 스님이 고개를 들어 성철을 쏘아봤다.

"말씀해보이소. 깨달음과 깨침이 어떻게 다른지? 내가 하면 무방이고, 남이 하면 문자가 되고 마는 그 고약한 유희."

에라 모르겠다 소리를 쳤다.

"문제는 문자를 평생 지고 있을 것이냐, 그것을 뱉어내고 선을 잡을 것이냐. 네놈은 그것조차 구별하지 못하는 파랑강충이야."

성철은 화가 북받쳤다.

"제가 파랑강충이면 스님은 부처입니꺼? 부처가 되었다면 어디 한번 증명해보이소."

잠시 침묵이 흘렀다가 동산 스님의 음성이 천둥소리처럼 떨어졌다.

"깨침은 똥작대기고 깨달음은 부처의 헛소리다!"

성철은 질 수 없다는 생각에 턱을 꼿꼿이 들었다.

"그럼 종조를 부정하는 것이 됩니다."

성철의 말에 동산 스님의 입가에 칼날 같은 조소가 물렸다.

"어제 네놈이 만났던 화상이 팔만대장경을 팔아먹고 있다."

"그럼, 저기 산더미처럼 쌓인 책은 다 어떡할 낍니꺼?"

"강을 건넜으면 배는 버린다."

"벽돌은 갈아도 거울이 될 수 없단 말은 스님이 했습니더."

"안 갈아봐서 모르겠노라."

동산 스님은 그렇게 말한 후 붓을 놓고 자리에서 일어났다.

묵언 수행

1

어느 날 성철이 동산 스님이 찾는다고 해서 방으로 가보니 마스크 하나가 그의 앞에 놓여 있었다. 이상한 생각이 들었지만 아무 말도 않고 동산 스님 앞에 마주앉았다.

"오늘부터 묵언 수행에 들어가거라."

"예?"

"경전이 너에게 불교의 본질이 무엇인지 가르쳐줄 것 같지만 오히려 네 의혹만 키우고 있다."

해도 너무한다 싶었지만 동산 스님은 한 발짝도 물러서지 않았다.

"내 말을 모르겠다면 이렇게 생각해보아라. 지금 내가 말하는 지知는 망지妄知의 지도 아니요, 망상妄想의 지도 아니라고 말이다."

"그게 무슨 말씀입니까?"

"마음의 본체를 가리키는 것이 무엇이겠느냐? 지知를 지우려 해도 그게 지워지겠느냐? 앞으로 일 년만 묵언 수행을 해봐라. 만약 해낸다면 널 나의 제자로 온전히 받아들이리라."

성철은 그까짓 일 년이라는 생각이 들었다.

"삼 년이라도 문제없습니다."

결기에 찬 성철을 보며 동산 스님이 허허허 웃었다.

그날부터 성철은 마스크로 입을 가리고 솜으로 귀를 틀어막고 살았다. 묵언 정진이었다. 어떻게 사흘을 한마디도 하지 않고 참았는지 모른다. 말하지 못하고 듣지 못하니 미칠 것 같았다. 나흘째 되던 날 그만 입을 벌리고 말았다. 자기도 모르게 "죽겠구나" 소리가 입 밖으로 터져 나왔다. 마침 선방에 아무도 없었기에 망정이지 누군가 들었다면 성철이 바랑을 싸고도 남을 일이었다.

남의 눈과 귀를 속일 수는 있어도 자신을 속일 수는 없었다. 성철은 점차 자기 자신이 무서워졌다. 삼 년간 묵언 정진을 하겠다고 큰소리를 칠 때 비웃던 동산 스님이 비로소 이해가 되었다. 우선 일 년만 수행해보라고 했는데 겨우 사흘이었다.

그래서일까, 그때부터 꿈자리가 사나워졌다. 분명히 벼랑이고 낭떠러지였다. 누군가 칼을 겨누고 다가오는데 동산 스님이었다. 시퍼렇게 눈을 치뜨고 달려드는 그를 피하지 않으면 그의 손에 들린 칼날이 머리통을 일직선으로 쪼개놓을 것 같았다. 성철은 뒤를 돌아보았다. 더는 피할 곳이 없었다.

"스님, 왜 이러십니까?"

"이놈! 내가 네놈을 모를 줄 알았더냐?"

"스님, 고정하십시오."

"이놈, 왜 내가 네놈의 주둥이를 막았겠느냐. 네놈이 세간에서 주워들은 것이 하도 많아서 될성부르지 않았기 때문이다. 진실로 아는 자는 그 앎을 발설하지 않는다. 네놈의 공부를 볼작시면 진정으로 공부를 하는 게 아니야."

"으악!"

정말 스승이 자신을 벨지도 모른다는 생각에 뒤를 돌아보던 성철은 그만 비명을 질렀다. 땀이 줄줄 흘러내렸다. 칼바람이 불어와 두 사람의 옷깃을 흔들었다. 동산 스님이 더욱 다가들었다. 그가 성철의 머리를 향해 시퍼런 칼을 내리

친 것은 바로 뒤의 일이었다. 성철은 칼날을 피해 뒤로 물러
서다가 그대로 낭떠러지 아래로 떨어지고 말았다. 천길 벼
랑을 떨어져 내리던 그는 번쩍 눈을 떴다. 꿈, 꿈이었다!

2

성철은 마스크를 벗어 던지고 스승이 있는 방으로 들어
가 절을 올리고 꿇어앉았다. 요즘 들어 계속되는 꿈 때문이
었다. 말하지 않고서는 도무지 살 수가 없었다. 스승의 칼에
목을 내주는 한이 있더라도 오늘은 끝장을 보고 싶었다.

동산 스님은 마스크를 벗고 꼿꼿이 앉은 성철을 황당하
다는 표정으로 노려봤다.

"스승님은 누구입니까?"

성철의 물음에 동산 스님은 눈을 감았다. 이내 그의 입에
서 한마디가 흘러나왔다.

"고뿜!"

"나는 누구입니까?"

"고뿜!"

"스승님은 누구입니까?"

"부처!"

"부처는 누구입니까?"

"나가거라. 꼴 보기 싫으니까!"

다음 날 뜬눈으로 밤을 새운 성철은 동산 스님의 방으로 다시 들어갔다. 삼배를 올리고 어제처럼 물었다.

"스님은 누구입니까?"

"동산!"

"부처는 누구입니까?"

"동산!"

"제 눈에는 똥작대기로 보입니다."

스승이 자신 앞에 놓인 경전을 집어 들어 성철에게 던졌다. 경전은 곧장 날아가서 성철의 콧등과 윗입술을 때리고 떨어졌다. 콧등이 벌겋게 부어오르고 입에서는 피가 흘러나왔다.

"옛 조사들의 사구死句나 읊조리는 앵무새를 나는 용서하지 않는다. 나가거라."

성철은 눈물을 왈칵 쏟았다.

3

"따라오너라."

동산 스님이 휘적휘적 앞서 걸어나가고 성철이 뒤를 따랐다. 동산 스님은 보제루를 지나 대웅전 앞마당 왼쪽에 있는 심검당 앞에서 걸음을 멈췄다. 정면 여섯 칸, 측면 세 칸 규모의 맞배지붕 건물이었다. 스승이 심검당 문을 활짝 열고는 손가락을 칼날처럼 세워 안을 가리켰다.

"보이느냐, 저 칼이?"

"저기 칼이 어딨습니꺼?"

심검당은 금어선원에 딸린 강학소로 그저 상징성만 지닌 건물이었다.

"보이지 않느냐 취모검이? 무명초인 머리카락을 베어 부처님의 혜명을 증득하게 한다는 지혜의 칼이?"

"무슨 뜻인지 알 것 같긴 하지만서도…."

"선지식들이 이곳을 왜 심검당이라 했겠느냐? 심검이 네 마음속의 칼이라는 것을 누가 모르느냐. 형상이 있는 것을 베어내는 것임을 왜 모르느냐. 이제 보이느냐?"

"보입니더."

"무엇이냐?"

"칼입니더."

"그렇다, 칼이다. 네 마음속의 칼. 허나 네놈의 눈에는 칼로 보일지라도 내 눈에는 부처님의 법으로 보인다. 너의 분별을, 너의 망집을, 너의 아집을, 너의 무명을 베어내는 부처님의 마음으로 보인다. 그래서 네놈은 이 산중에 온 게 아니었더냐?"

문득 칼이 떠올랐다. 용성 스님이 임제에게서 받았다던 칼, 제자 동산에게 전하지 않고 불 속으로 던져버렸다던 그 칼.

"아직도 모르겠느냐? 네놈이 찾아야 할 것이 무엇인지?"

성철은 할말을 잃고 고개를 숙였다.

"선禪은 지혜의 칼을 완성해 단칼에 다생多生의 무명초를 베어내는 것이다. 그래도 못 알아듣겠다면 우리에게 왜 칼이 전해졌는지 생각해보아라. 그래도 모르겠다고? 그럼 왜 네놈이 출가를 했으며, 지금 이곳으로 왔는지를 잘 생각해보아라."

성철은 어금니를 물었다.

"이놈아. 승이 베어내야 할 것이 무엇이겠느냐?"

"그야….."

"입에 발린 말을 해보시겠다? 이놈아, 그렇게 모르겠느냐? 그 무엇도 아니다. 바로 앎이다. 네놈이 지금까지 익혀왔던 것, 아는 체하는 것을 이제는 모두 다 토해내라는 뜻이다. 그래도 모르겠느냐? 나는 그 칼을 보기가 무섭게 알겠더구나."

성철이 여전히 모르겠다고 생각하며 눈만 멀뚱거리자 동산 스님이 쐐기를 박듯 소리쳤다.

"너는 오늘부터 이 심검당 문밖에서 한 발자국도 움직이지 못한다."

"예?"

"오늘부터 너는 이 심검당의 문지기가 되어야 한다. 취모검 속에 깃든 도심刀心을 터득해야 해. 왜 우리에게 그 칼이 오게 되었는지, 왜 이제야 산에 와서 나를 만나고 있는지…. 이것이 바로 너의 화두다."

동산 스님은 그렇게 말하고 혀를 끌끌 차며 몸을 돌려 가 버렸다.

스승 동산의 심중은 알다가도 모를 일이었다. 그러면서도 한편으로는 자신이 왜 심검당의 문지기가 돼야 하는지 그 이유를 조금은 알 것 같기도 했다. 그런데 꼭 이래야만 할까. 심검의 본뜻을 알아차리라는 말인 듯한데 사실 자신이 그 뜻을 모르는 것은 아니지 않은가. 이곳에 머물며 무엇을 더 깨달으라는 소리인지 도무지 이해가 되지 않았다.

'심검당을 지키고 있으면 내가 모르는 그 무엇을 깨칠 수 있다는 말이 사실일까?'

검객 수업

1

그날부터 성철은 심검당의 주인이 되어 살았다.

회의가 들 때마다 부처님의 제자였던 주리반특周利槃特을 생각했다. 그는 천민 출신으로 교육을 전혀 받지 못했지만 부처님을 만나서 제자가 되었다.

"부처님이시여, 저는 천한 태생이라 문자를 모르옵니다. 저도 출가해 깨침을 얻을 수 있을까요?"

부처님이 그를 데리고 도량으로 나가 빗자루 하나를 손에 쥐여주었다.

"오늘부터 이 도량을 쓸고 또 쓸어라."

주리반특은 그날부터 도량을 쓸고 또 쓸었다. 그리하여 비로소 마음의 때를 제거하고 마침내 깨침에 이르렀다.

아무리 그렇다 해도 동산 스님이 왜 성철에게 심검당의 문지기를 시켰는지 정말 모를 일이었다. 성철은 교승의 상 징이나 다름없는 탄허 스님을 만났고, 그 후 선승의 우두머 리와도 같은 동산 스님이 계신 곳으로 왔다. 선과 교? 그래 서 뭘 어쩌란 말인가?

어느 날 성철이 잠이 들었는데 동산 스님이 갑자기 다가 와 뺨을 후려치면서 밀었다. 그 바람에 성철은 뒤로 나자빠 졌다. 동산 스님이 그런 성철을 보면서 소리쳤다.

"방금, 네놈의 뺨을 친 것이 정녕 무엇이냐?"

성철은 영문을 몰라 눈이 휘둥그레졌다.

"이 손이 살인검이다."

"예에?"

동산 스님은 성철을 일으켜 세웠다.

"지금 너를 일으켜 세우는 이 손이 바로 활인검이다."

"스님!"

"네놈 속으로 들어와 자리잡은 하찮은 알음알이를 뱉어 내라. 문자의 한 음절도 남기지 말아라. 무분별하게 정보화 한 알음알이를 다 잘라내라. 잘라내고 또 잘라내라. 그럴 때 만이 허물없는 존재의 본질이 드러난다. 바로 그것이 수행 의 본체다.

수행자는 본시 칼을 만드는 대장장이와도 같다. 그것이 수행자의 숙명이니라. 살인검이 아니라 미혹을 베어내는 반야검을 만드는 대장장이가 바로 수행자다. 그런데 지금 너에게 필요한 것이 무엇이냐? 바로 반야의 칼이다."

2

성철이 심검, 즉 취모리검에 대해서 옛 기록을 접한 것은 심검당에 든 지 며칠 후였다. 경전을 가까이할 수 없었으므로 취모리검의 유래에 대해 전혀 알아볼 수가 없었다. 그런데 한 도반이 동산 스님 몰래 중국에서 번역된 경전을 읽다가 취모리검에 관한 내용을 발견하고선 성철에게 가져온 것이다. 선승들이 수행을 통해서 빠짐없이 증득해야 할 지혜를 '검'에 비유한 글들이 예사롭지 않았다.

《벽암록碧巖錄》 제100칙에는 파릉巴陵 화상의 취모검에 대한 기록이 있었다.

어떤 스님이 파릉 화상에게 질문했다.

"어떤 것이 취모검입니까?"

파릉 화상이 대답했다.

"산호의 가지가지마다 달이 달려 있구나."

舉 僧問巴陵 如何是吹毛劍

陵云 珊瑚枝枝撑著月

　이외에도 여러 곳에 기록이 보였다. 선어록과《유마경維摩
經》은 물론《임제록臨濟錄》《증도가》《연등회요聯燈會要》《조
당집祖堂集》에도 '검'에 관한 글이 있었는데, 한결같이 선승
들이 반드시 갖춰야 하는 할喝을 살인도殺人刀와 활인검으로
비유하고 있었다. "두껍기로는 철위산 위의 무쇠와 같고,
얇기로는 쌍성선雙成仙의 몸에 걸친 비단 같다"고 노래하는
이도 있었다. 어떤 이는 "광채가 만상을 삼켰다"는 착어著語
를 남겼고, "공평하지 못한 일을 공평하게 한다"는 이도 있
었다.

　성철은 깊은 밤 심검당의 문을 활짝 열어놓고 선정에 들
었다. 세찬 바람이 풍경을 흔들어 청아한 소리가 귓가에 들
려왔다. 갑자기 환영이 뇌리를 스쳤다. 분명히 부처님이었
다. 성철이 번뇌 망상에 괴로워하자 부처님이 그를 데리고
대장간으로 나아갔다. 부처님은 익숙하게 풀무질을 하며
칼을 만들기 시작했다.

　'부처님은 본시 왕자의 몸이었는데 어떻게 대장장이 일
을 배우셨을까?'

성철은 그런 생각을 하며 물었다.

"부처님이시여, 어찌하여 칼을 만드십니꺼?"

부처님이 돌아보았다.

"여기가 내 수도장이기 때문이다."

"수도장이라고예?"

부처님이 칼을 만드신 후 성철에게 건네며 말했다.

"이 칼로 너의 번뇌 망상을 잘라서 내게 가져오너라."

선정에서 벗어나자 부처님이 칼을 만드신 의미를 조금은 알 것 같았다. 그 칼은 중생을 위한 자비의 증명 아니겠는가. 누군가의 보시가 있었기에 부처님은 그것으로 칼을 만들어 널리 자비를 베풀 수 있었으리라. 그렇다면 내 안에서 보시와 자비가 함께 이루어져야만 비로소 부처가 된다는 가르침이 아닌가. 그러고 보면 모든 수행자는 칼을 만드는 대장장이라고 하신 동산 스님의 일침이 옳았다. 수행자는 대장장이처럼 칼을 만들어야 한다. 사람을 죽이는 살인검이든, 살리는 활인검이든 무조건 칼을 만들어야 한다. 왜? 그것이 바로 이 세상을 살아가는 이치이기 때문이다.

글을 쓰는 사람은 천금같은 한 줄의 글을 얻기 위해 쓸모없는 나뭇가지를 쳐내듯이 문장을 잘라내고 또 잘라낸다.

그림을 그리는 금어는 부처의 실상을 화폭에 담기 위해 잘라내고 또 잘라낸다. 선방의 선승은 선에 들어 자신의 번뇌 망상을 잘라내고 또 잘라낸다. 반드시 그래야만 한다. 부처는 중생들에게 번뇌 망상을 잘라내는 법을 가르치기 위해 이 세상에 오셨고, 그리하여 그들을 구제하셨다.

비로소 알 것 같았다. 선에 들 때마다 보이던 대장장이. 자신이 만든 칼로 죄수의 목을 베던 망나니. 망나니의 살인검이 자식의 대에 이르러 본질을 보려는 금어의 칼로 나타났다는 말이로다. 이는 칼이 곧 부처라는 동산 스님의 가르침과 같다. 베어낼 대상이 아니라 대상 그대로가 부처라는 말이로다!

그렇다. 도道란 다른 곳에 있는 게 아니라 생활 그 자체다. 백정질을 한다면 그 길이 도다. 농부가 농사를 짓는다면 농사를 짓는 행위 자체가 도다. 칼을 만드는 대장장이에게는 그 칼이 바로 도다. 그렇기에 부처는 외적이든 내적이든 만듦의 문제에서 보시를 알게 되고, 쓰임의 문제에 이르면 자비로운 부처의 마음이 일어난다. 때문에 검선일미劍禪一味의 경지가 바로 활인검의 경지인 것이다. 죽임은 쓸모 있는 것을 살리는 것이요, 버림은 구하기 위한 방편이다. 반야를 만나면 반야를 죽여야 하고 부처를 만나면 부처를 죽이지 않고서는 그 경지를 절대로 얻을 수 없다. 성철은 이제야 알았다. 동산 스님의 그 깊은 의중을….

3

성철은 동산 스님의 방으로 들어갔다. 동산 스님이 배에 요를 감고 선정에 들어 있었다. 달빛이 교교히 선방으로 스며들었다. 동산 스님 앞에 부엌칼을 놓고 삼배를 올린 뒤 성철이 물었다.

"이게 무엇입니꺼?"

"이미 칼을 갈아두었느니라."

동산 스님의 음성이 천근같이 무거웠다.

"스승을 만나면 스승을 죽이고, 부처를 만나면 부처를 죽일 것입니더."

"죽여보아라."

성철이 신음을 참으며 눈물을 쏟자 동산 스님이 결심을 굳힌 듯 소리쳤다. 모든 걸 다 놓아버린 듯한 음성이었다.

"나를 죽이지 못한다는 것은 너를 죽이지 못한다는 것이다. 너를 죽이는 부처의 법을 아직도 얻지 못했으니 물러가거라."

"그라믄 부처의 경지를 스님은 얻으셨다는 말인데…."

"물론이다."

"그럼 함 보여주이소. 부처가 뭔지."

동산 스님이 성철을 노려봤다.

"네놈은 입만 열면 증명 타령이로구나. 증명 좋지! 네놈 손에 칼을 줘도 죽이지 못하는 그 무지를 내 직접 잘라내어 부처의 세계를 보여주마."

이번에는 성철이 황당하다는 듯 동산 스님을 쳐다보았다.

"네놈은 언젠가 이 칼을 생활이라고 했다. 그렇다. 중생의 생활이 우리에게 와 깨침의 칼이 되었다. 무엇이든 잘라내고 잘라내는 칼이 되었다. 그리하여 남는 세계, 거기에 네놈에게 덧씌워진 작은 세계란 없다. 오로지 큰 세계가 있을 뿐이다. 그 대승大乘의 세계를 보지 않고선 결코 우리의 생활이 될 수 없다. 부처의 본래면목을 볼 때 그제야 네놈이 잘라내야 할 것이 무엇인지 분명해지리라."

동산 스님이 일어나 방문을 열고 앞서 걸어 나갔다.

"따라오너라."

그는 문을 나서며 시자를 찾더니 달려온 시자에게 일렀다.

"탁발할 때 지는 빈 바랑을 가져오너라."

"빈 바랑을요?"

고개를 갸웃하며 달려간 시자는 잠시 후 빈 바랑을 가지고 왔다.

"저놈에게 주어라."

시자가 성철에게 빈 바랑을 건넸다. 그때 두 스님이 시주를 하기 위해 나서다가 동산 스님에게 합장하고 예를 올렸다. 동산 스님이 성철에게 일렀다.

"잘됐구나. 이들과 같이 산을 내려가 시주를 해오너라."

성철은 어이가 없었다. 빈 바랑을 들고 멍하니 서 있는데 동산 스님 눈이 시퍼렇게 빛났다.

"이놈! 네놈은 묵언 수행의 율律을 깼다. 시줏밥에 코를 대고 있는 것이 부끄럽지 않으냐? 앞으로 시줏밥이나 얻어먹고 살아야 할 터인데 옳게 배워야 하지 않겠느냐. 왜 망설이느냐? 탁발은 수행의 기본이다. 지금까지 도야지처럼 주는 것만 맛나게 받아 처먹으면서 살만 찌웠으니 너도 한번 해보아라. 이 모진 세상에서 시줏밥 걷어 먹는 법쯤이야 가르쳐줄 테니…."

"스님!"

말이 너무 심한 것 같기도 하고 그때까지 탁발을 해본 적이 없어서 망설이는데 동산 스님의 입에서 결국 고함이 터져 나왔다.

"어떡할 테냐? 탁발을 하겠느냐, 나를 시험하겠느냐? 아니면 이대로 쫓겨날 테냐?"

'스승님, 어떻게 탁발로 깨침의 세계를 시험할 수가 있으며, 어떻게 저의 본의本意를 드러내야 제자로 온전히 받아들이시겠습니까?'

턱밑까지 차오르는 이 말을 성철은 목구멍으로 그냥 삼켜버렸다. 별수없었다. 동산 스님이 혀를 끌끌 차다가 몸을 돌리면서 한마디 덧붙였다.

"탁발을 하겠다면 어서 산을 내려가거라. 그래야 해 질 녘에라도 돌아올 수 있을 게다."

한동안 멍하니 서 있던 성철은 하는 수 없이 아직 신참티를 못 벗은 비구, 염불 잘하기로 소문난 비구와 함께 절을 나섰다. 터덜터덜 길을 내려가자니 기가 막혔다.

'망할 영감, 도대체 무슨 꿍꿍인가?'

그들은 삼거리를 지나 읍내로 들어갔다. 시절이 뒤숭숭해 탁발하기가 결코 쉽지 않았다. 셋은 나중에 만날 장소를 정하고 헤어졌다. 성철은 큰 집이 있는 쪽으로만 발걸음을 옮겼다. 부자 동네에서 탁발하기가 더 쉽다고 생각했다. 처음에는 어떻게 탁발을 해야 할지 걱정이 태산이었지만 앞으로 절집 생활을 잘하려면 어차피 거쳐야 할 관문이라는 생각에 용기를 냈다. 그는 큰 대문만 보면 달려가 부끄러움을 숨기고 목청을 세워 "나무아미타불" 염불을 외며 힘차게 목탁을 두들겼다. 이러려고 산을 올랐던가 비참한 마음이었다.

'망할 영감, 이럴 수가 있나. 잘해줄 땐 언제고 이제는 탁발까지 시키다니.'

서러웠지만 이를 사리물었다. 비참한 생각이 들수록 참아내야 한다고 다짐하며 더 세게 목탁을 쳤다.

나중에 세 도반이 모여 시주물을 보니 성철이 제일 많았다. 이제는 동산 스님도 자신을 인정하리라 싶었다. 성철의 시주물을 보고 두 도반은 풀이 좀 죽었다.

세 도반이 절에 들어서자 동산 스님이 수각 앞까지 나와서 기다리고 있었다. 동산 스님 앞에 세 사람이 나란히 섰다.

"내려놓아라."

동산 스님의 지시에 세 사람은 바랑을 벗어 앞에 놓았다. 내용물을 살피던 동산 스님이 두 도반을 노려봤다.

"너희들 건 왜 이렇게 적으냐?"

"탁발이 잘 안됐습니다."

두 도반이 동시에 말했다.

"왜?"

"세상 사는 게 힘든지, 어떻게 가는 곳마다 가난한 집이었습니다."

"그럼 부잣집으로 가면 될 것이 아니냐?"

"그렇게 하고 싶었지만 가난한 이들에게 복덕을 짓게 하려고…."

"무량한 자비심의 발로에서 그랬다는 말이렷다?"

동산 스님이 소리쳤다.

"그렇습니다."

동산 스님은 혀를 쯧쯧 찼다. 내심 잘했다는 말을 기대했던 두 도반은 그저 허공을 응시할 뿐이었다. 성철은 속으로 쾌재를 불렀다. 동산 스님이 그런 성철을 고양이 눈을 하고 노려봤다.

"너는 어떻게 된 것이냐? 바랑이 풍성한 걸 보니 재수가 좋았구나."

"저는 부잣집만 돌아다녔습니다."

"왜?"

"저는 생각을 달리했습니다. 금생에는 부자로 넉넉하게 살지만 그로 인해 내생의 가난과 고통을 모르고 있을 그들을 구제해야 한다고 생각했기 때문입니다."

"그러니까 잘사는 사람들에게 탁발의 과정을 통해서 인생의 무상함을 일깨워주고 싶었다, 그 말이로구나?"

"맞습니다."

성철이 자신 있게 대답했지만 동산 스님이 혀를 쯧쯧 찼다.

"어리석은 것들!"

성철은 멍하니 동산 스님을 쳐다봤다.

이 무슨 일인가. 부잣집에서 탁발했다고 해도 나무라고, 가난한 집에서 탁발했다고 해도 나무라니, 어디서 탁발을 하란 말인가?

동산 스님이 성철의 생각을 읽은 듯 입을 열었다.

"이 어리석은 놈들아. 도대체 정신이 있는 놈들이냐, 없는 놈들이냐? 탁발이란 게 무엇이냐?"

"탁발이란 중생의 염원을 바리때에 실어 피안의 언덕으로 대신 보내는 기라고 생각합니다."

성철이 때를 놓치지 않고 재빨리 유식함을 뽐내듯 대답했다.

"못난 놈!"

동산 스님이 성철을 무섭게 노려보며 나무랐다. 그러고는 되물었다.

"그러니까 너희 두 놈은 후생에 복덕을 지어주기 위해 가난한 집만 돌아다녔고, 네놈은 금생에 넉넉하게 살아서 내생의 가난과 고통을 모르고 있을 자들을 구제해야 한다는 생각에 부잣집만 돌아다녔다?"

"그렇습니더."

성철이 대답했다.

"할말이 없구나."

동산 스님의 말에 성철은 울화가 치밀었다.

"스님, 정말 이상하네예? 그런 이유 없이 어떻게 중이 탁발을 할 수 있겠습니꺼. 시주하는 이들의 염원을 바리때에 신지 않는다면 무슨 염치로 탁발하여 승단을 보존하겠느냐는 말입니더."

성철은 화가 나 따지듯이 물었다.

"이놈아, 가난한 집만 골라 탁발하는 놈이나 부잣집만 골라 탁발하는 놈이 무엇이 다르냐. 하기야 그들에게 공양의 기회를 주었으니 그보다 더한 복락이 있겠는가만, 그것이 진정한 공양의 의미라고 할 수는 없다."

"진정한 공양이 아니라는 말씀은 무신 뜻입니꺼?"

"역시 네놈은 따지길 좋아하는구나."

"도무지 이해가 되지 않아서 하는 말입니더."

"그럼 네놈의 행동은 말이 되고?"

"와 말이 안 됩니꺼?"

"바로 그들에게 복덕을 주겠다는 그 마음이 소승심小乘心

에 얽매여 있다는 말이다."

"무슨 말인지 정말 모르겠습니다."

소승小乘이란 말이 뇌리에 벼락을 치는 느낌이어서 팽개치듯 말을 뱉었다.

"아직도 못 알아듣느냐? 그런 생각은 대승심大乘心의 발로가 될 수 없다는 뜻이다. 이제 알겠느냐, 이 도야지 같은 놈아?"

"지는 이해할 수 없습니다."

성철이 또다시 말을 내팽개쳤다.

"우매한 놈! 너희들의 행동이 편파적이라는 생각은 해보지 않았느냐?"

"편파?"

그들은 하나같이 뇌까렸다. 성철은 자신이 소승의 법에 머물러 있는 게 아무리 사실일지라도 편파라는 말을 듣자 날카로운 칼에 가슴을 찔린 듯 아팠다. 그런 성철을 향해 동산 스님의 음성이 이어졌다.

"어서 바랑을 짊어져라."

동산 스님과 도반들의 동태를 살피고 있던 대중들이 차마 엄두를 못 내는데 원주 스님이 용기 있게 다가왔다.

"스님, 그래도 탁발을 해온 것인데…."

"이노옴!"

동산 스님의 주먹이 원주 스님의 머리를 사정없이 쥐어박았다. 원주 스님이 머리를 싸쥐고는 물러섰다.

"어서 바랑을 지지 못하겠느냐. 이제부터 너희들은 쌀 한 톨도 남김없이 돌려주고 와야 한다."

"힘들게 탁발해왔는데 왜 돌려주라 하시는지 도무지 이해할 수 없습니다."

참다못해 도반 하나가 끼어들었다.

"이놈, 모르겠으면 가면서 찬찬히 생각해보아라. 그래야 내 말을 헤아릴 수 있을 게다."

세 사람은 동산 스님의 서슬에 어찌할 바를 모르고 바랑을 다시 짊어졌다. 이미 어둠은 내려앉았고 탁발한 마을까지 가려면 한참을 걸어가야 했다. 진눈깨비마저 펄펄 내리기 시작했다. 그들은 사하촌을 향해 터덜터덜 걸으며 투덜거렸다.

"아니, 똥개 훈련도 아니고 탁발을 해오라고 해서 해왔더니 이제 도로 돌려주라시네. 아무리 미운털이 박혔어도 그렇지 기가 차는군."

성철은 묵묵히 발걸음을 옮겼다. 알 것도 같고 모를 것도 같은 이 모든 것. 편파라는 단어가 자꾸만 가슴을 찔러댔다.

투덜거리던 도반들도 지쳤는지 말이 없었다. 동산 스님의 심중을 정확히 알 길이 없어 답답했다. 배에서 꼬르륵 소리가 들리고 칼바람 같은 추위에 귀뿌리가 얼어서 터져 나가는 것 같았다. 등짐은 무겁고 배가 고파 발걸음이 잘 떨어지지 않았다. 누구를 원망할 수도, 탓할 수도 없었다. 성철은 바랑을 지고 이대로 어디론가 영영 떠나고 싶었다. 그러면 이 고생도 모두 끝이 나리라.

마을에 닿으니 불 꺼진 집도 더러 있었다. 그들은 시주받은 집을 일일이 찾아다니면서 문을 두드렸다. 시주물을 돌려주겠다는 말에 하나같이 당황스러워했고 어처구니없다는 반응을 보이기도 했다. 심지어 화를 내는 사람도 있었다. 별 거지 같은 중을 다 보겠다며 문을 닫아버리기도 했다.

"에이, 적선하고 이런 경우는 처음일세."

"뭐여? 지금 적다고 시위하는 거여? 받아갈 땐 언제고 다시 돌려주다니."

"참으로 어이없고만. 아니 중놈들이 복장을 다 뒤집어놓네. 간만에 좋은 일 한번 한다 했더니 아주 중놈까지 날 비웃네."

"하도 일이 안 풀려서 부처님께 시주라도 하믄 되려나 싶어서 없는 형편에 시주했더니 이게 무슨 일이래."

그럴 때마다 차분하게 사정을 설명했지만 눈만 멀뚱거릴 뿐 선뜻 되돌려받겠다는 집이 몇 안 되었다. 고민 끝에 도반 셋이 의견을 모았다.

"우리 이라지 말고 배고픈 이들에게 적선이나 하고 가입시더."

성철의 제안에 두 도반이 동의했다. 그들은 인근의 가난한 마을을 찾았다. 부잣집만을 골라 다녔던 성철은 비로소 없는 이들의 참상을 보았고 절로 후회의 마음이 일었다. 동산 스님의 말이 가슴을 울렸다. 손수 일군 밭에서 캔 고구마 몇 뿌리로 연명하는 이들에게 쌀 한 됫박이라도 내밀면 그들은 미륵불이 나타났다고 외쳤다. 사람들이 와르르 몰려들었다. 시주를 받아 절로 가져가지 않고 불쌍한 사람들에게 나눠주는 스님들이야말로 미륵불이라고 했다. 어떤 촌로는 세 스님의 손을 부여잡고 울었다. 성철도 눈물이 나왔다. 도반들도 그들과 함께 울면서 쌀을 나누어주었다.

그들이 절로 돌아왔을 때는 모든 불이 꺼져 있었다. 동산 스님만이 수각 앞에 장승처럼 우뚝 서서 그들을 기다리고 있었다. 세 사람이 들어서자 동산 스님이 물었다. 여전히 얼음처럼 찬 음성이었다.

"돌려주었느냐?"

세 사람은 잠시 머뭇거렸고 연장자인 성철이 그간의 일들을 말했다. 동산 스님이 어이없다는 표정으로 한참 동안 노려보다가 이내 물었다.

"그러니까 시주한 사람들이 시주물을 돌려받으려고 하지 않아서 어려운 이들에게 나눠주고 왔다 이 말인가?"

"그렇습니더."

성철이 대답했다.

"어허, 이런 놈들을 보았나. 그러니까 버리지는 못하겠고 차라리 불쌍한 사람들에게나 주고 가자? 그래서 동정하고 왔다 그 말이냐 지금?"

"동정은 아니었습니더. 비로소 알게 된 그들의 삶이 참으로 각박했습니더."

이번에도 성철이 말했다.

"동정심의 발로는 아니었지만 보시하다 보니 마음속에서 피눈물이 흐르더라 이 말인가?"

동산 스님이 성철을 노려보면서 다시 물었다.

"그렇습니더."

"그럼 하나 묻겠다. 어려운 이들을 도울 때 너희도 내생에 이와 같은 업보를 받더라도 기꺼이 그들을 위해 보시하겠노라 생각하며 신심을 내었느냐? 어디 솔직히 한번 말해

보아라."

세 사람은 잠자코 있다가 이윽고 머리를 내저었다.

"사실은 그들과 같이 되는 한이 있더라도 보시하겠다고
는 생각지 않았습니다."

성철이 먼저 솔직하게 대답했다. 순간 동산 스님이 주장자
를 들더니 세 사람을 차례대로 내리쳤다.

"이런 마구니들을 보았나! 이놈들아, 그렇다면 소위 돈
있는 자들이 없는 자들에게 적선하는 것과 뭐가 다르냐?"

"예에?"

성철이 놀라서 되물었다.

"시주물을 버릴 수는 없고 어려운 이들에게 선심 쓰듯이
주고 왔다 그 말 아니냐? 그렇다면 다를 게 무어냐? 이놈들
아, 그건 보시가 아니야. 없는 이들에 대한 동정심에 지나지
않는다는 말이다."

"그라믄 보시를 어떻게 해야 된다는 말씀입니꺼?"

성철이 소리쳤다.

"중생을 구하겠다는 신심은 그렇게 생겨나는 것이 아니
다. 그들의 아픔을 진정으로 느끼고 알아서 그들과 함께 노
력해야 한다는 말이다. 그들을 위해 목탁을 두드리고 시주
물을 걷어야 한다는 뜻이다. 그런데 그 시주물은 어떻게 걷

었느냐? 말해보아라. 진정 그들을 위해서였느냐? 버리지 못해서 가져다주지 않았느냐? 그들이 눈물을 흘리더냐? 그들을 보니 눈물이 나더냐? 그래서 승려로서 가슴이 벅차더냐? 그것이 바로 동정의 산물이 아니고 무엇이냐? 이놈들아, 너희들은 그들을 속인 것과 다름없다. 그들을 위해 시주한 것인 양하면서 같이 울어준 것뿐이다. 이 마구니 도적놈들아, 너희들은 사기꾼이다. 중생을 향한 마음의 보시는 본디 시작도 없고 끝도 없다. 바로 때가 없다는 말이다. 오로지 내 마음이 어려운 사람들을 향해 있어야 하고, 또한 그들을 성숙하게 하는 보시가 되어야 진정한 법보시가 되는 것이다."

"설령 그렇게 얻지는 않았다 캐도 그들을 위해 쓰였다면 다행 아닙니꺼?"

성철이 끝까지 토를 달았다.

"이놈, 그래도 네놈은 주둥이를 닫지 않는구나. 문제는 네놈이다. 아마 그 소견도 네놈이 냈을 테지? 이 쥐새끼 같은 놈. 저잣거리에서 겨우 그걸 배웠느냐? 이놈아, 그들이 현생에는 과거세의 업보로 지옥불에 떨어져 있으나 과거세에는 하나같이 오늘의 모습이 아니었다는 걸 왜 모르느냐. 그들도 대승심에 꽉 차 있는 인간들이었고 너희보다 못한 인간들이 결코 아니었다. 너희들이 버릴 곳이 없어 가져다준 음식을 먹을 위인들이 아니었으며, 눈물을 흘릴 사람들도 아니었다는 말이다. 지금 네 눈앞에 비록 지옥 중생을 마주했다 하더라도 그들을 대승심으로 꽉 차 있는 인간으로 보아야 한다는 말이다. 그런 마음가짐 하나 없이 대했다면 그게 바로 동정심이 아니고 무엇이냐. 너희들이 언제나 우러러 보아야 할 이들이 바로 그들이고, 그들의 눈물 아래 너희들이 있어야 한다는 뜻이다."

동산 스님의 말에 성철은 그 자리에 풀썩 주저앉고 말았다. 본래 나는 깨어 있지만 나를 어둡게 하는 것, 나를 조작하는 것, 나를 혼란스럽게 만드는 것들로 인해 나를 모르고 있다면 금강석 같은 단단한 불성을 보기 위해 깨어 있어야 한다, 그러려면 중생이되 부처, 부처이되 중생 그 자체를 깨달으라는 동산 스님의 일침이었다.

성철이 망연자실 서 있는데 동산 스님이 혀를 쯧쯧 차더니 말을 이었다. 스님은 성철이 방금 생각했던 바를 그대로 설하고 있었다.

"그들에게 보시하되 항상 그들의 발에 머리를 조아려 예를 올린 다음 너희들의 마음이라는 걸 알게 하며, 결코 그들 스스로 황송하게 해서는 안 된다. 그들의 눈에서 흐르는 눈물은 감사의 눈물일 것 같으나 실상 오늘 자신이 받은 업보에 대한 회한의 눈물이다. 그러므로 보시자는 결코 그들에게 눈물을 보여서는 안 된다. 또한 보시자는 보시받는 그들을 부처의 마음으로 대하고, 오로지 곧은 마음으로 보시할 대상으로 생각해야 한다. 그래야만 가난하고 천한 사람에게도 차별 없이 평등하게 시주할 수 있다. 그들이 감동하고 눈물을 흘리며 감격했다면 그것은 바로 보시자가 보답을 바랐다는 증거이며, 대비의 마음에서 우러난 진정한 보시가 아니다. 네놈의 수행이 올바르게 나아가야 할 이치가 여기에 있다. 중생의 시줏밥조차 먹을 자격이 없는 놈 같으니라고."

동산 스님은 일갈하고는 등을 돌려버렸다.

그날 밤 성철은 도무지 잠을 이룰 수 없었다. 가난한 이들을 돕기 위해 시작한 탁발은 아니었으나 시주물을 받고 눈물 흘리는 사람들을 보며 가슴이 벅차 터질 것만 같았다.

그런데 동산 스님은 그조차도 무시해버렸다. 보시하면서 무엇을 구하거나, 그들을 위해서 한다는 망념을 일으키거나, 무엇인가 되돌아오리라 계산하는 보시는 부정시不淨施라는 것이다. 하지만 그들에게 쌀을 나누어주면서 느낀 감정은 순수하지 않았던가.

그런 생각을 하면서 간신히 잠이 들었으나 이내 악몽을 꾸었다. 적선하고 온 마을이 보였고 그곳은 곧 지옥으로 변했다. 무수한 영혼들이 붙들려와 지옥문 앞에 모여 있었고 무서운 옥졸들이 그들에게 달려들었다. 집행관들은 쇠정으로 그들의 전신을 쪼았다. 성철은 더는 두고 볼 수가 없어서 자신도 모르게 "부처님, 저들을 살려주십시오"하고 고함을 질렀다. 그때 동산 스님이 나타나 성철을 지옥 밖으로 끌어냈다.

"이놈아, 아직도 모르겠느냐? 이곳은 사바세계에서 지은 업력業力에 의해 오는 곳이다. 지은 죄가 있다면 마땅히 벌을 받아야 하거늘. 스스로 깨닫지 못한 이는 부처의 법력으로도 어쩔 수 없는 것이 이 세상 이치다. 어설픈 동정심일랑 버리라지 않았느냐?"

"스님, 아직도 스님 눈에는 제 눈물이 어설픈 동정심으로만 보입니꺼?"

"그럼 자비심이라도 되느냐? 아직도 어리석은 중생에 머물러 있는 주제에."

성철은 화를 참지 못하고 동산 스님을 노려봤다.

"에이, 무정한 인간!"

성철이 자신도 모르게 씹어뱉자 동산 스님의 눈이 뒤집혔다.

"이놈, 방금 뭐라고 했느냐?"

"순 짐승 같은 영감이라고 했습니더. 와요?"

"뭐라?"

"그래서 영감님은 중생이 아니라서 그런 업보를 받았습니꺼?"

"이놈이 무슨 말을 하는 게야."

"몰라서 물으십니꺼?"

성철은 될 대로 되라며 악을 썼다.

"이놈! 무례하구나. 나의 영혼은 네놈 영혼에 비하면 금강석처럼 단단하다. 내가 미쳤지. 어떻게 네놈에게 부처의 말씀을 전하는 큰일을 맡기려 했는지…. 내가 큰 실수를 했구나. 보아하니 허수아비의 심장을 가진 인간이 아닌가."

"영감님이 쪼깨 먼저 깨달았다고 해서 저의 영혼보다 맑다고 할 수가 있다니. 이곳의 참상을 보고도 심드렁해져버린 짐승의 심장을 가졌다면 영감님은 승려가 아닙니더. 강철 같은 심장으로 추구해야 할 것은 진리이지, 스님처럼 무관심을 가장하는 것이 신심은 아닐 깁니더."

"말이야 뻔드르르하구나. 그러니 이놈아, 죽자사자 수행

237

을 하고도 그 모양 그 꼴인 게야. 생각 같아서는 저 지옥 구렁텅이로 너를 밀어버리고 싶구나."

그 말을 들으면서 성철은 부들부들 떨었다.

눈을 뜨자 온몸이 땀에 절어 있었다.

4

탁발하느라 힘이 들었던 탓일까. 아니면 간밤의 어지러운 꿈자리 때문일까. 대중이 부산하게 움직이는 소리를 듣고서야 눈을 뜬 성철은 물먹은 솜처럼 무거운 몸을 이끌고 수각으로 가 세수를 했다. 숲을 쓰다듬고 내려온 산바람이 어린애처럼 자꾸 옷깃을 잡고 흔들었다.

동산 스님은 어젯밤 지나가던 길에 들렀다는 객승과 방 안에서 다담을 나누고 있었다. 송광사에서 돈오돈수頓悟頓修와 돈오점수頓悟漸修에 관한 법회가 있었는데 그곳으로 가려다 발길을 돌려 동산 스님을 찾은 모양이었다. 성철은 객승이 하는 말을 우연히 엿들었다. 이런 내용이었다.

한국 불교는 800년 동안 선을 주창하면서도 석존의 말씀을 정면으로 거부해온 것은 아니다. 엄밀히 말해 우리의 불교 사상은 교학이었지 선학이 주를 이루지는 않았다. 석존의 말씀을 받들어 수행해온 종조 보조지눌로부터 시작된 돈오점수는 지금껏 우리나라 불교의 정신적 지주가 되었으며, 그것에 의존하여 불교는 명맥을 찬연하게 유지해왔다. 그런데 근래 들어 몇몇 선승들의 문제 제기로 인해 800년 동안 한국 불교의 대맥으로 이어온 돈오점수론이 화두가 되기 시작했다. 말하자면 불법이 생긴 이래 지금까지 끈질기게 싸워온 선교禪教 논쟁이 이를 계기로 다시 불붙기 시작했다. 그러다 보니 하루가 멀다 하고 교승과 선승이 싸우고 있었다.

"문제는 상원사의 탄허 스님 같은 사람입니다. 듣자 하니 그는 경전을 끼고 앉았으면서도 선승이라 고집한다고 소문이 자자합니다. 저로서는 도무지 이해가 안 됩니다."

열린 문틈으로 보았더니 객승의 말에 동산 스님은 가타부타 말없이 허허허 웃고만 있었다. 전혀 대꾸할 필요를 못 느끼겠다는 표정이었다. 성철이 생각할 때도 하나 마나인 말이었다. 동산 스님이 이해가 되기도 했지만 한편으로는 고개를 갸웃거렸다. 동산 스님의 경지를 이미 충분히 가늠하고 있던 성철은 별다른 의심을 하지 않았다. 그렇다고 선승의 주장을 무조건 인정할 수는 없지 않은가.

선승은 말을 이었다.

"탄허당의 경지를 제가 전혀 이해하지 못하는 건 아닙니다. 하지만 선禪이 무엇입니까? 진리를 깨달아 참다운 인간의 길을 가라는 가르침이자 공부입니다. 그런데 그들은 학學은 선이라 할 수 없다면서도 돈오점수 역시 선의 예지이며 바탕이라고 주장합니다. 돈오돈수가 수행과 깨침이 하나되는 경지라면, 돈오점수는 깨달은 이후에도 끊임없이 수행을 가중하는 사상이라고 합니다. 그러나 이 같은 주장은 승이 깨침 이후의 보임保任을 무시하는 것이며, 자기기만에 빠질 수 있는 생각입니다.

스님, 도대체 도가 무엇입니까? 생각을 끊어내는 것이 도 아닙니까? 그래야 알음알이가 끊어질 테니 말입니다. 하지만 그들은 깨쳤다고 생각이 사라지는 것은 아니라며 요망한 궤변을 자꾸 늘어놓습니다. 심지어 생각이 붙어 있는 한 누구나 중생에 지나지 않는다고 주장합니다."

그래도 동산 스님은 침묵할 뿐이었다. 동산 스님의 견해를 무조건 받아들이고 이해하고 있었던 성철은 객승의 말이 참으로 무섭다고 생각했다.

'생각을 끊어내는 것이 깨침이다?'

성철은 그런 의혹을 안고 심검당으로 돌아가서 그날 밤 꼼짝도 하지 않았다. 경전을 가까이하는 학승들의 말도 일리가 있는 듯했다. 생각은 밤새 이어져 새벽 예불 소리가 귓가에

240

들려오고 아침 공양이 끝날 시간이 되어도 좀처럼 사라지지 않았다.

성철은 혼란스러운 마음을 다잡으려고 부처님 앞에 절을 올렸다. 내친김에 염불을 외우고 동산 스님 들으라는 듯 부서질 정도로 목탁을 쳤다. 자신의 힘으로는 도무지 의문을 풀 수 없다는 역하심정이 목구멍까지 치밀어올랐다. 부처님께라도 매달리고 싶었다. 당장 동산 스님에게 달려가 어떤 대답이라도 듣고 싶었으나 마주보는 것조차 겁이 났다.

원주 스님에게 성철이 심검당에서 밤새 염불하면서 목탁을 치고 절을 올린다는 말을 들은 동산 스님이 뒤늦게 법당에 나타났다. 그는 법당에 들어서기가 무섭게 땀을 뻘뻘 흘리면서 절하고 있는 성철의 옆구리에 세차게 발길질을 했다. 성철은 벌렁 나동그라졌다.

"야, 이놈아! 왜 이곳에서 절하고 염불하는 게냐?"

"아니 스님, 왜 이러십니까?"

발길질에 쓰러진 성철이 헐떡이며 고래고래 소리 질렀다.

순간 동산 스님의 눈이 더욱 매서워졌다. 그토록 입에 붙은 사투리조차 쓰지 않는 건 지독한 모멸감 때문에 자존심을 내보이는 것이란 생각이 들었다. 동산 스님은 칼날같이 날카롭게 언성을 높였다.

"이놈 꼴에…. 몰라서 묻느냐. 이런다고 문제가 해결될 것 같으냐?"

"문제라니요? 왜 이러십니까?"

"어허, 이놈 보게."

눈을 동그랗게 뜨고 대답하는 성철을 동산 스님이 노려보다가 갑작스레 소리쳤다.

"왜 안 하던 짓거리냐. 네놈이 염불승이냐?"

"염불승만 염불을 합니까?"

동산 스님이 부처님께 염불하고 절하는 걸 못마땅해하는 게 참으로 어이가 없었다.

"못난 놈. 이놈아, 정신 좀 차려라. 부처가 네 속에 있다는 걸 언제쯤 알 것이냐? 내 스승님은 제자들이 춥다고 하면 목불木佛을 들어내서 군불을 지펴주셨다. 이놈아, 그런 목불 앞에서 염불하며 천만번 절을 한들 어떤 깨침을 얻겠느냐."

"승으로서 어찌 그런 말씀을 하실 수 있습니까. 이곳은 절이니 당연히 부처를 모신 뜻이 있을 것이요, 마땅히 지켜야 할 의례와 규범이 있지 않습니까? 그랬기에 스님도 지금껏 부처님을 모셔오지 않았습니까? 언제 스님이 한 번이라도 새벽 예불에 빠진 적이 있습니까? 절에서 염불하고 부처님께 절을 올리는 건 당연지사요, 바로 그것이 중생을 불쌍

히 여겨 만고의 진리를 남기신 분에 대한 예의라고 하신 분
이 과연 누구였습니까? 그런데 왜 염불을 못하게 하는지 저
로서는 당최 이해할 수가 없습니다."

"터진 입이라고 못하는 말이 없구나. 그래서 네놈이 아직
멀었다는 것이다. 그러니 그 모양 그 꼴이지. 여전히 네놈은
소승의 경지에 머물러 있다는 걸 어찌 깨닫지 못하느냐. 이
놈아, 관념이 무엇이냐? 알음알이의 종이 바로 관념이니라.
너는 그 관념의 종이 되어 아직도 목불 앞에서 염불이나 하
는 교승을 흉내 내고 있으니 한심하구나. 선승이라면 적어
도 목불 앞에서 염불하고 목탁을 치진 않는다. 그런 건 목탁
승들이나 하는 노릇이다."

"스님, 말씀이 너무 지나치십니다. 제가 아무리 신참 비
구라도 알 만큼은 압니다. 어찌 부처님을 모신 신성한 법당
에서 부처님의 말씀인 염불을 한다고 목탁승이라 비하합니
까?"

"이놈아, 부처님을 공경하고 절을 하는 건 우주 만물의
본마음이다. 불제자가 부처님을 모시는 이유가 그 때문이
라면 먼저 내 마음속에 숨어 있는 본성을 찾아 나서는 것이
바른 순서다."

"스님, 제가 바로 그 길을 가기 위해 이렇게 염불하면서

절을 올리는 것 아닙니까?"

"하하하, 그래서 부처와 하나가 되겠다?"

"개個와 전소의 합일, 적어도 저는 그것을 온몸 전체로 파악하려 노력하고 있습니다."

"개와 전의 합일? 하나가 전체요, 전체가 하나라고? 맞는 말이지. 그래서 실천과 의례의 체계를 만들어놓았다. 논리학과 형이상학, 인식론과 실천철학, 그 모든 것이 한 개인의 체험 속에서 열매를 맺을 때 비로소 진정한 수행이 시작된다. 그래, 네가 말은 번드르르하다만 어디 한번 물어보자. 정녕 네가 진심으로 부처와 하나되기 위해 염불하고 절을 하고 있었느냐? 어디 그 마음을 나에게 내놓아라."

"무슨 말씀이십니까?"

"배운 놈이 다르긴 하구나. 어려운 말로 물어보랴? 부처라는 상대성을 형이상학적으로 통일하려고 치열하게 노력했다는 말이냐? 네놈이 정녕 부처가 되겠다는 일념으로 목탁을 치고 염불하고 절을 했냐는 말이다. 그게 아니면 겨우 쌀 한 됫박 내놓고 쌀 한 말을 만들어달라고 비는 인간과 정녕 무엇이 다르냐? 어디 대답을 해보아라."

그제야 성철은 눈을 내리깔았다. 사실 염불하고 절을 하다 보니 자신도 모르게 부처님께 빌고 있었다.

'부처님이시여, 이 미혹한 중생을 구해주소서.'

잠시 생각에 잠기는데 동산 스님의 말이 이어졌다.

"이놈아, 부처는 먼 데 있는 게 아니라 지금 네 마음속에 있다. 그것이 바로 불성이다. 네놈은 그 불성을 깨우기 위해 절을 해야 한다. 저기 우리가 모시고 있는 목불의 형상은 그저 허깨비일 뿐이다. 번뇌 중생이 어떻게 부처의 세계를 그린단 말이냐. 부처의 상징이라는 이름 아래 단지 허상을 만들어놓았을 뿐이다. 그것이 정녕 부처라는 말이냐?"

"부처의 상징이 아니고 무엇입니까?"

"부처는 상징이 될 수 없다. 부처가 되려면 자기 마음속의 부처와 자신이 하나가 돼야 한다. 그렇지 않고는 결코 부처가 될 수 없다는 뜻이다. 왜냐하면 부처의 세계는 그 무엇으로도 표현할 수가 없기 때문이다. 부처님도 일찍이 그 사실을 천명했다. 그런데 허깨비 앞에서 소원을 빌기 위해 염불을 해? 네놈 생각에 염불이 무엇이냐? 그건 주문이다. 교승이 떠들어대는 경전에 불과하다. 내가 경전을 가까이하지 말라고 한 게 어제 일 같은데 그 염불을 입에 올리다니!"

성철은 천천히 고개를 들었다. 다시금 가슴 밑바닥에서 울화가 솟구쳤다.

"스님, 이유야 어떻든 염불조차 교승의 전유물처럼 말씀하시는데 알음알이로 치자면 용성 스님이 윗대 아닙니까? 민족불교, 대중불교 운운하면서 경전을 한글로 옮기는 작업에 몰두하시던 바로 그 스님이 우리의 대주 용성 스님 아닙니까. 알음알이로 세상을 흔들었던 분이 바로 용성 스님 아닙니까.

우두암에서 한암 스님에게 사교四敎를, 이곳에서 영명 스님에게 대교大敎를 수료한 이가 누구입니까. 선교겸수禪敎兼修의 수행을 지향했던 분이 누구입니까. 그리고 선교율禪敎律을 겸비한 용성 스님, 한암 스님, 용봉 스님 등의 지도를 받은 것이 선교불이禪敎不二의 신념 때문 아니었습니까? 팔만사천법문이 중생의 근기를 살펴 이루어졌기 때문에 굴복하지 않을 수 없다고 한 이가 누굽니까! 바로 저의 스승 동산 스님 아닙니까?"

"이놈아, 강을 건넜으면 배는 버려야 하는 법이다."

"또 그 소립니까."

성철의 대답에 동산 스님이 어이없다는 표정으로 쳐다보다가 말을 이었다.

"《화엄경》의 핵심이 팔만사천법문이다. 통만법귀일심通萬法歸一心이 무엇인가? 만법을 통합하여 일심으로 나아가는 것이 조사관祖師觀이다. 고로 수행자가 경전에 평생을 매달린다면 그게 곧 교승이다. 나아가 배를 버리고 화두 참구를 수행의 중심에 둘 때 바로 진실한 선승이 된다."

"일자무식꾼 육조혜능이 어떻게 부처를 알았을지 의심스럽습니다. 못 배웠다는 것이 이토록 위대해 보일 줄이야!"

제자의 시건방진 비아냥에 동산 스님은 천금같은 말을 떨어뜨렸다.

"육조혜능이 곧 임제이니라."

"그렇다면 그들의 흉내를 똑똑히 내십시오."

동산 스님은 한 발도 그냥 물러서지 않는 성철을 빤히 쳐다보다가 이내 소리쳤다.

"나는 본시 혜능, 임제의 무리이니라. 경허가 내 사형이요, 한암이 내 사형이다. 그들이 조선 제일의 선찰 금정총림 범어사, 해인총림 해인사, 쌍계총림 쌍계사 등의 주인들이었다."

"장하십니다. 이제 그분들의 뒤를 잇게 되었으니. 임제가 알면 무어라고 할까요? 그분은 말했다지요. '부처님 말씀을 기록한 경전이 내 밑씻개보다도 못하다'고. 이제 그 경지에 들었다지만 그렇다고 문자를 가까이하지 않고 어떻게 살 수 있습니까? 생각을 버리라고 하지만 어떤 문제가 생기면 그 문제를 풀기 위해 사고하고 추리하고 이해하고, 그렇게 논리적으로 풀어가는 게 바로 인간 아닙니까?"

"이놈. 부처의 팔만사천법문 모두가 '그래서'라는 의문으로 남는 것이다. 어제의 취모리검은 이미 갈아두었느니라."

"부처를 알기 위해 이미 경전 읽기는 끝났다는 말씀처럼 들립니다. 교승이 문자를 가까이함은 오도의 첫걸음이라는 걸 모르는 바가 아닙니다. 교승은 문자를 통해 부처를 알고 그것을 발판 삼아 대승의 길로 나아간다는 걸 모르는 바도 아닙니다. 그런 까닭에 교는 팔이 되고 선은 다리가 되어야 한다던 분이 과연 누구입니까."

"이놈아, 아직도 모르겠느냐. 대주께서 왜 나에게 취모리검을 남기셨는지?"

"스님, 그 칼로 생각을 끊어낼 수 있다 해도 그 너머의 생각은요? 생각을 끊었다는 그 생각은 어찌합니까?"

"부처의 언행은 모두 방편이다. 그러기에 저기 팔만대장경이 존재하는 것이다. 팔만대장경이 존재한다는 의식을 끊어버리지 못할 때는 부처의 말씀조차 모두 병폐가 된다. 조작이 아니다. 시비가 아니다. 깨침이란 얼음장을 녹이는 작업이 아니다. 도끼로 단박에 내리쳐 깨어내는 작업이다. 때문에 성도는 닦아서 얻어지는 게 아니다. 만약 성도가 닦아서 얼어진다면, 그것은 증발될 것이다. 곧 수증기처럼 사라져버린다는 말이다. 금강석처럼 단단한 성도는 본시 우리 마음속에 깃들어 있다. 그것이 바로 불성이다."

순간 성철은 자신도 모르게 눈을 감았다. 마음이 쿵 하고 무너져 내렸다. 결국 이론상 저쪽 세계가 아니라 교종의 병폐가 그런 식으로 생긴다는 말이었다. 어느 한쪽으로도 쏠림 없는 질문과 해답, 그것을 동산 스님에게서 얻어내려면 교학을 통해 불교를 알고 그것에 기초하여 이참에 선에 이르러 대오大悟에 이른다는 주장을 뒤집어볼 수 있다고 생각했었다. 그런데 동산 스님의 대답은 이해하기엔 너무도 어려웠다.

성철은 언젠가 어떤 교승으로부터 교학으로도 깨친 이가 있다는 말을 들은 적이 있었다. 그때는 동산 스님의 견해에 무조건 동조하던 때여서 별다른 의혹이 일지 않았다. 하지만 교승들이 하던 말을 깊이 생각해보면 예사로운 문제가 아니었다. 정말 교학으로도 깨침에 이를 수 있다면, 선승들의 주장은 여지없이 틀린 것이 된다. 그렇기에 이 문제는 부처님이 살아 계실 때부터 계속되어왔고, 그런 까닭에 지금도 매해 큰절에서 교승과 선승이 서로 싸우고 있었다. 그런데 왜 부처님은 그에 대한 해답을 정확하게 풀어주시지 않고 열반에 드셨을까? 알다가도 모를 일이다. 갑자기 말하지 않고 열반에 든 바로 거기에 분명한 해답이 있을지도 모른다는 생각이 들었다.

급기야 성철은 교승에게도 나름대로의 주장이 있으리라 생각했다. 자신이 선승이 아닌 교승을 스승으로 두었다면 어찌되었을까? 물 흐르듯 교승의 주장을 받아들였을 것이다.

꼬리를 물고 생각이 깊어지자 회의감은 바퀴를 달고 달렸다. 선교일치禪敎一致라는 것도 엄밀히 따져보면 기회론자들이 만들어낸 술수에 불과하다. 둘이 싸우지 말고 사이좋게 팔과 다리가 되면 좋지 않으냐는 말 아닌가. 그게 진실이라면 교와 선은 둘이 아닌 하나라는 말이다. 어느 한쪽으로도 치우쳐서는 안 된다는 뜻이다.

성철은 지그시 어금니를 악물고 작심한 듯 소리쳤다.

"스님은 부처님의 법을 펴고 있으면서도 생각을 끊으셨고 무심의 경지에 이르렀다는 말입니까? 그렇다면 인간이 아닐 것이요, 깨치지 못했다는 증거일 것입니다."

성철이 그렇게 소리치자 동산 스님이 황당해하다가 뒤늦게 조소했다.

"좋다!"

동산 스님이 법상 위에 놓인 경전을 집어 들어 성철 앞으로 내던졌다.

"그렇다. 임제는 '부처님의 말씀은 내 밑씻개에 지나지 않는다'고 소리쳤다. 내게 생각이 붙어 있다면 그게 곧 알음알이일 것이요, 교승일 터이다."

"그렇다면 스님의 대승심은 끊어 없애야 할 생각이 만들어낸 미망에 불과할 뿐, 보리와 열반을 얻었다고는 할 수 없습니다."

"그렇다. 적어도 나는 네놈이 가지고 있는 똥덩이에 불과한 생각을 한참 지나 있다. 그것을 일러 일정한 경지라고 한다. 무방의 경지. 형태가 있으나 형태가 없는 경지, 바로 그것이 절대의 경지이다. 이처럼 일정한 경지에 이른 이에게는 《십이부경十二部經》은 한갓 귀신의 장부에 지나지 않으며, 종기에서 흐르는 고름을 닦아내는 휴지에 불과하다. 그러므로 나는 교승의 교리와 해설서에 능통한 자를 결코 인정하지 않는 것이다."

성철은 기가 막혔다. 아무리 문자를 거부하며 살지라도 어떻게 저런 말을 할 수 있을까.

"그럼 네놈에게 묻겠다. 네놈은 일정한 경지에 서 있다고 생각하느냐?"

가슴에 벼락을 맞은 듯했고 성철은 다시금 무너졌다.

"모양이 있어도 모양이 없는 경지, 생각이 있어도 생각이 없는 경지, 네놈이 그 강을 건너왔더란 말이냐? 그럼 한번 보자꾸나. 지금 당장 경전을 가지고 해우소로 가라. 가서 그 경전으로 밑을 닦고 오너라. 할 수 있으면 더는 나무라지 않겠다."

성철은 할말을 잃고 그대로 얼어붙었다.

"내 말이 들리지 않느냐?"

동산 스님이 눈을 시퍼렇게 치뜨고 소리쳤다.

"스님, 그걸 말이라고 하십니까? 스님은 그러실 수 있습니까?"

성철도 지지 않겠다는 듯이 소리쳤다.

"물론이다. 강을 건넜으니 이제 배는 필요 없다. 중생을 위해서라면 그만한 발심쯤이야 못 낼 리가 없다. 너에게 시주를 시킨 것도, 시주심施主心을 알게 한 것도 그 때문이었다. 그런 고초를 당하고도 아직 대의를 깨치지 못한 채 여전히 파랑강충이처럼 날뛰고 있으니…. 쯧쯧, 미련한 놈일세."

성철은 말문이 막혀 한동안 얼떨떨하게 서 있었다. 동산 스님이 다시 소리쳤다.

"어쩌겠느냐? 그럼 내 인정하리니. 네놈이 어느 사이에

교를 넘어 선의 무방한 세계로 넘어왔다는 것을 말이다. 그러지 못한다면 네놈은 보리와 열반의 기둥을 흔들기만 하는 당나귀에 지나지 않는다. 허물을 벗고 말이 되려면 어디 한번 그 경지를 지금 내게 보여라."

성철은 어쩔 줄 몰라 부들부들 떨었다.

"어허, 이놈 보게. 왜? 못하겠느냐? 그만한 용기도 없어? 아직도 소승의 찌꺼기가 남아 너의 옷자락을 붙잡느냐? 그렇게 지옥이 겁이 나느냐? 그렇다. 그 경전은 부처님 말씀이요, 해탈의 강을 건너오지 못한 자가 그것을 훼손하면 부처님의 성신聖身에 피를 내는 것과 다를 바 없다. 만약 네놈이 경전을 들고 해우소로 가 밑을 닦지 못한다면 파랑강충이라고 손가락질당해도 마땅하다. 어찌하겠느냐? 경전으로 밑을 닦고 일어서겠느냐?"

성철이 여전히 말하지 못하고 서 있자 동산 스님이 껄껄껄 웃다가 제자들을 불렀다.

"여봐라. 저놈 꼴을 좀 보거라. 파랑강충이가 쪽을 못 쓰고 있구나."

지켜보던 제자들이 그럼 그렇지 하는 표정을 짓자 동산 스님이 다시 고함을 질렀다.

"참으로 볼 만하구나. 아주 주눅이 든 게 아닌가."

여기저기서 킥킥거리는 웃음소리가 들려왔다. 잘난 체하더니 고소하다는 비웃음이었다.

성철은 지그시 어금니를 씹었다. 눈을 꽉 감고 경전을 집어 드는 손길이 사시나무처럼 떨렸다. 부처님의 말씀이 담긴 경전을 찢어 밑을 닦는다? 그러고도 대승의 경지를 얻지 못한다면 평생을 지옥의 망령에 시달릴 것이다. 어쩔 것인가? 그러지 않고서는 저들의 비웃음 속에서 한평생 살아야 할 것이니. 못할 노릇이다.

성철은 경전을 들고 허청대며 법당을 나섰다. 눈앞이 가물거렸다.

부처님 말씀인 경전으로 밑을 닦으라는 스님이 제정신일까? 스님도 아니다. 세상에 이런 법이 어디 있는가? 부처님께 절하고 염불한다며 발길질을 당하고 이제는 경전으로 밑을 닦으란다. 스승이 아니라 원수다. 그러나 여기까지 온 이상 쫓겨날 수는 없는 일이다.

경전을 들고 해우소로 들어서자 똥오줌 냄새가 코를 찔렀다. 이 더러운 곳에 경전을 들고 온 적은 한 번도 없었다. 그런데 그 경전으로 밑을 닦으라니….

경전을 든 손이 덜덜 떨리고 계속해서 눈물이 흘러내렸다. 성철은 변을 보면서 이를 악물고 경전을 북북 찢었다.

문득 "여시아문如是我聞"이 눈에 들어왔다. 경전을 기록한 부처님의 시자 아난존자는 자신이 부처님 말씀을 그대로 전하지 못하고 왜곡할지 모른다고 우려했기에 "나는 이렇게 들었노라"고 하지 않았던가. 그런 가운데서도 아난존자는 그 방대한 부처님의 말씀을 있는 그대로 빠짐없이 기록했건만 나는 지금 그 경전을…. 그가 그렇게 공경스럽게 기록한 부처님의 말씀으로 밑을 닦는다고?

갑자기 가슴 밑바닥에서부터 뜨거운 그 무엇이 솟구쳐 올랐다. 눈물이 주르르 흘러내렸다. 차라리 파문을 당할지언정 정녕 그럴 수는 없었다.

성철은 해우소를 나와 곧장 동산 스님이 있는 법당으로 걸어갔다. 동산 스님은 그 자리에 서 있었다. 도반들은 얼추넋이 나간 상태였다. 성철은 동산 스님을 향해 경전을 던졌다. 그러고는 지대방으로 달렸다. 뒤에서 대중들의 말소리가 들려왔다.

"아이고 똥냄새!"

"풋중이 상相에 걸려 뒤도 닦지 못하는구나."

만행

1

성철이 담요를 뒤집어쓴 채 이를 악물고 우는 사이 원주 스님이 동산 스님 앞에 앉았다.

"큰스님, 너무 심하지 않습니까?"

동산 스님이 고개를 들었다.

"그러고 보니 생각나는구나. 부처님께서 세상을 떠나며 마지막으로 뭐라고 하신 줄 아느냐?"

갑작스러운 물음에 원주가 "예?" 하고 되물었다.

"부처님께서 말씀하셨느니라. '내가 입멸한 후에 어리석은 사람들이 나를 기리기 위해 담벼락이나 돌, 천에 나를 그리거나 돌이나 철 혹은 나무나 흙으로 나의 형상을 만들어 경배한다면 지옥에 떨어지리라. 부디 우상을 만들지 말라.

나는 숭배의 대상이 아니라 너희들을 가르치러 온 사람일 뿐이다.' 그런데도 사람들은 돈 몇 푼 놓고 감당하지 못할 복을 달라고 조르니 이 일을 어쩌면 좋으냐."

"성철 수좌가 어떤 마음으로 염불하고 절하며 목탁을 쳤겠습니까. 정성을 다해 기도하면 자신의 길을 열어줄 것 같기에 한 게 아닙니까?"

동산 스님이 고개를 내저었다.

"바로 그것이다. 우리는 하루빨리 그런 미망에서 깨어나야 한다. 나도 용성 스님을 만나기 전에는 그랬느니라. 그놈처럼 매일 법당에서 '아이고, 부처님 복 좀 주십시오'라며 절을 했다."

"그런데요?"

"어느 날 스승이 물으셨다."

"...?"

원주 스님은 정색했고 동산 스님은 계속했다.

"마음자리를 보겠다는 너의 신심이 참으로 눈물겹구나. 존재의 근원을 보겠다는 너의 신심이 참으로 눈물겨워. 그 누가 들불처럼 일어나는 발심을 막으리오. 너는 아느냐? 너의 가슴속에서 줄기차게 흐르고 있는 것이 무엇인지? 그것은 바로 사랑이다. 그 순간 용성 스님의 마음이 곧 나의 마음이라는 것을 알았다. 시간이 흐르고 보니 내가 얼마나 한심했는지 깨달았다. 아마 지금 성철이도 당시의 내 심정과 같을 것이다. 그런데 문제가 있다. 그때의 나처럼 성철이 아직도 대승의 법이 무엇인지 제대로 알지 못한 채 염불을 하고 목탁이나 치며 절을 올린다면 그게 잘못된 것이 아니고 무엇이냐?"

"그렇지만 성철 수좌의 충격이 꽤 클 것입니다."

"어찌 성철의 마음을 모르겠느냐. 승으로서 부처님을 경배하는 건 당연한 일이다. 승은 마땅히 부처님의 법을 배우고 실천해야 한다. 그것이 바로 그분을 사랑하고 존경하는 일이다."

"그런데요?"

"하지만 성철은 승이 부처님을 모시는 진정한 이유조차 잘 모르고 있다. 왜 부처님을 모시며, 왜 사리탑을 세우는가. 그것은 바로 부처님이 중생을 사랑했다는 증표요, 수행의 눈물이다. 물론 다들 알고 있는 사실이겠지만 더 중요한 건 그 또한 무無에 지나지 않는다는 사실을 깨닫는 것이다. 성철을 그대로 놔두거라. 그놈의 몸속에 든 알음알이의 병폐를 없애려면 어쩔 수 없이 거쳐야 하는 과정인 게야. 그렇게 해서라도 수행의 본질에 들어서서 대승의 경지가 무엇인지 깨닫는다면 나로서는 더 바랄 것이 없다. 알겠느냐?"

"하지만 성철 수좌가 대승의 경지에 이르지 못한다면 평생토록 경전으로 밑을 닦았다는 죄책감에 시달릴 것입니다."

"이미 성철은 나로 인해 커다란 마음의 상처를 받았느니라. 내가 그놈에게 왜 그랬겠느냐. 일체의 상을 떠나보내는 곳에 절대 적멸의 세계가 있기 때문이다. 내가 선의 본의가 무엇인지 몰라서 그랬겠느냐. 제놈이 지혜롭다면 내가 왜 그랬는지 깊이 생각할 것이다. 내가 그놈에게 지은 죄가 상相이 없는 자리에 오히려 상을 만들기 위해 채찍을 휘두르고 소 발자국이 찍힌 곳에 바닷물을 들인 것일지라도 나중에는 알게 되리라. 회광반조回光返照의 순간, 빛을 되돌려 안을 비추는 결정적인 반전의 순간이 찾아와 내가 행한 본의本義를 크게 알 날이 반드시 오리라. 내 모든 가르침이 바로 그 순간을 위한 대승의 첫발이었음을. 더욱이 이 일로 인해 성철이 가지고 있던 아지랑이 같은 모든 의심이 사라져 한발 더 깨침의 세계로 나아갈 수 있다면 앞으로도 나는 그놈에게 더 죽비를 때릴 것이다."

"자존심이 보통 아닙니다."

"만행이 시작될 것이야."

그렇게 말하고 동산 스님은 지그시 눈을 감았다.

2

달빛이 산봉우리에 걸려 있었다. 샛별이 몸을 숨긴 지도 한참 지났으니 이제 곧 새벽이 올 것이다.

'이 산문을 나가면 어디로 가야 하나?'

부처님의 말씀인 경전으로 밑을 닦고 안 닦고는 문제가 아니었다. 그건 이미 엎질러진 물이었다. 기연이 닿아 대승의 경지에 들 수 있어도 죄책감은 평생 사라지지 않을 것이다.

경전을 들고 해우소까지 간 것만 해도 그랬다. 아무리 생각해도 진정한 대승의 경지에서 나온 행동이 아니었다. 스승에게 본때를 보여주고 싶다는 일종의 오기였다. 울화가 치밀자 그걸 참지 못하고 소인배처럼 행동한 자신을 도저히 용서할 수 없었다. 밑을 닦진 않았으나 경전을 해우소까지 들고 간 것으로 씻을 수 없는 죄를 지은 것이다. 동산 스님이 원망스러웠다. 이제 시작에 불과한 수좌에게 그런 불경죄를 짓게 한 스승이 원망스러웠다.

'만행을 떠나기 전에 인사라도….'

방장실이 보였다. 성철은 문을 열고 방으로 들어갔다. 동산 스님은 선정에 들어 있었는데 그 형상이 꼭 돌로 빚어놓은 것 같았다. 문을 여는 소리가 들리자 동산 스님이 곧 선정에서 돌아와 물끄러미 성철을 바라보았다.

"이게 무엇입니까?"

성철은 어느 날 삼배를 올린 뒤 물었던 것처럼 되물었다.

"이미 칼을 갈아두었느니라."

동산 스님이 그때와 똑같은 대답을 했다.

"그 칼로 저를 베시지요."

동산 스님의 눈에 불이 붙었다.

"너의 무엄을 용서치 않을 것이다. 그만 나가거라."

3

성철은 멍하니 벽에 등을 기대고 앉았다. 잡다한 생각이 머리를 어지럽혔다. 눈을 감으면 문득 동산 스님과 함께 어딘가로 가고 있는 환영이 스쳤다. 목이 말랐다. 지옥에서 허우적거리는 원혼들이 보였다. 그들도 어딘가로 가고 있었다. 가도 가도 사막이었다. 물이 있는 것 같아서 가보면 신기루였다. 헛것을 본 것이다.

문득 정신을 차렸더니 문풍지를 흔드는 바람 소리가 을씨년스러웠다. 어둡고 으슥한 절 곳곳에서 살아생전 깨침을 얻지 못한 스님들의 원혼이 목을 빼고 자신을 노려보고 있는 것 같았다. 으스스 스며드는 한기에 오소소 몸이 떨렸다. 눈을 감으면 동산 스승의 모습이 자꾸 어른거렸다. 그럴

261

때마다 성철은 머리를 젓다가 눈을 떴다.

성철은 기어이 절을 떠나 만행에 나서기로 했다. 이곳에서는 이겨내지 못하리라. 차라리 절을 떠나 더 단단히 자신을 채찍질한 후 다시 돌아오자고 결심했다.

문을 열자 휘황한 달빛이 산마루까지 내려앉았다. 성철은 천천히 바랑을 챙겼다. 밖으로 나서자 달빛이 온몸을 감싸 안았다. 성철은 바랑을 내려놓고 본당을 향해 삼배한 다음 스승의 방 쪽에 절을 올렸다.

떠나지 말라는 듯 바람이 일주문을 향해 걷는 그의 법복 자락을 세차게 흔들었다. 성철은 돌아서서 자신이 머물던 곳을 한참 바라보았다. 절은 달빛 속에서 검은 공룡처럼 엄청난 모습이 되어 성철의 눈가로 파고들었다. 하염없이 눈물이 흘러내렸다. 성철은 몸을 돌려 산문 쪽으로 천천히 걸음을 옮겼다.

일주문을 막 나서려는데 저만치 등불을 든 늙은이 하나가 서 있었다. 바로 동산 스승이었다. '쿵' 하고 가슴이 내려앉았다. 그런 성철을 질타하듯 산등성이를 넘어온 한줄기 거센 바람이 격하게 등불을 흔들었다.

동산 스님이 지그시 성철을 바라보았다. 성철도 동산 스님을 마주보았다. 눈물이 앞을 가렸다.

"가려느냐?"

"예, 가렵니다."

대답하는 성철의 음성이 떨렸다.

동산 스님이 성철에게 등불을 내밀었다.

"가져가거라. 먼동이 트려면 아직 멀었다. 길이 어둡구나."

"스승님!"

"만행은 본시 배움을 종宗으로 삼느니라. 어디를 가든 신심을 잊지 말아야 한다. 그러기 위해서는 수많은 선지자들에게 법을 묻고 배워야 하느니라. 그리하여 소승 성문聲聞에서 대승으로 일어선 이들을 많이 친견해야 한다. 그들이 너에게 분명히 대승의 법을 전할 것이다. 너를 이끌 그들을 먼저 만나거라. 그렇다면 너를 묶고 있는 고정관념에서 탈피할 수 있으며, 적어도 사자전승師資傳承 성문으로는 결코 남지 않을 것이다. 부디 망상에서 벗어나 차별 없는 대승으로 일어서야 한다. 그때가 되면 부처의 말에나 연연하는 소승이나 성문의 탈을 벗게 되리라."

4

동산 스님 곁을 떠나 이곳저곳 떠돌던 성철이 닿은 곳은 강원도 치악산에 자리한 상원사였다. 우리나라에는 오대산 상원사, 치악산 상원사, 용문산 상원사 등 여러 상원사가 있다.

그중 치악산 상원사는 신라 경순왕 때 국사였던 무학대사가 창건한 사찰로 당시 무학대사가 수행한 무학토굴이 있었다. 성철은 우선 그 토굴에서 살아보기로 하고 바랑을 벗은 후 지그시 눈을 감고 앉았다.

'지금까지 제대로 수행한 적이 있던가? 아니, 수좌로서 정녕 부끄럽지 않은 수행을 했던가?'

성철은 스스로 반문했다. 동산 스님은 묵언 수행을 실천하라고 했지만 사실은 제대로 해보지도 못했다.

'그래 좌선이 뭔가? 귀를 막고 입을 막는 것 아닌가?'

동산 스님이 던져주셨던 마스크가 생각났다. 그러지 않으셨다면 무난히 묵언 수행을 할 수도 있지 않았을까? 오히려 마스크가 자신을 구속했다는 사실을 이제야 알게 되었다.

자신의 입을 인위적으로 막은 마스크가 마음에 걸려 묵언 수행을 마치지 못했다는 생각이 들었다. 차라리 아무런 제약 없이 묵언 수행을 하라고 지시하셨다면…. 그러고 보면 그 마스크는 오히려 걸림돌이었을지도 모른다.

성철은 수건으로 입을 막았다. 오기였다. 이상하게도 대중 속에서는 말을 하고 싶어서 견딜 수가 없었는데 그렇지가 않았다. 마음이란 놈은 참으로 요상했다. 혼자 앉아 있으니 가슴이 조금도 답답하지 않았다. 오히려 말할 대상이 없으니 참을 만했다. 배가 고프면 토굴 밖으로 기어나가 칡을 캐 먹거나 오디 등 열매를 따 먹고 버텼다.

그러고는 밤낮으로 참선에만 집중했다. 들숨과 날숨을 반복했더니 처음엔 혈액순환이 급격히 빨라졌으나 시간이 지나자 차츰 마음이 안정되었다. 좌선이 자신을 눈부시게 변모시키고 있었다.

어느 날 쇠망치 같은 강렬한 빛이 정수리를 찍어 누르는 느낌이 들었다. 형언할 수 없는 강한 기운이었다.

뒤이어 혼침이 찾아왔다. 가부좌를 틀고 선정에 들면 날개 달린 말이 미친 듯이 달려왔다. 개가 짖고 칼을 든 신장이 춤을 추었다. 코끼리가 발길질을 하고 온몸에 불이 붙었다. 가랑이를 벌리고 웃는 창녀가 이내 부처로 바뀌었고, 선의 무사 임제의 칼날이 날아오다가 이내 부처의 얼굴이 되었다. 정신 차려야지, 내가 왜 이러나? 그럴수록 망상은 물러갈 줄 모르고 계속 성철의 몸을 휘감았다. 언제까지 혼침이 이어질 것만 같았다.

세차게 비바람이 몰아치던 어느 날, 며칠째 이어지던 혼침이 순식간에 사라졌다. 날개 달린 개도, 창녀도, 임제도, 부처도 보이지 않았다.

그날부터는 가부좌를 틀기가 무섭게 날이 훤히 밝아왔다. 성철은 입을 막았던 수건을 던져버렸다. 갑갑해서가 아니다. 막지 않아도 이미 입은 굳게 닫혀 있었다. 아니, 그조차 쓸데없는 굴레였다. 마음은 모든 걸림과 구속으로부터 자유로워졌다. 이제 성철은 묵언 수행이나 하는 파랑강충이가 아니었다. 이미 그러한 경지를 지나 몸과 마음이 홀가분한 날들이 시작되었다.

마침내 겨울이 가고 봄이 왔다. 온 산천이 꽃밭이었다. 성철의 마음속에도 꽃이 피었다.

어느 날 성철 앞에 시커먼 그림자 하나가 나타났다. 휘황찬란한 달빛 속에 우뚝 서 있는 사내의 모습이 섬뜩했다. 순간적으로 이게 현실인가, 명상 속인가 잠시 헷갈렸다. 눈을 번쩍 뜨고 보니 현실이었다.

"누구요?"

성철은 자신도 모르게 우뚝 서 있는 그림자를 향해 물었다.

"으으으…."

시커먼 사내의 입에서 신음이 흘러나왔다.

"누구요?"

성철은 모골이 송연해 자기도 모르게 다급하게 되물었다. 그제야 저쪽에서 신음을 참는 목소리가 들려왔다.

"사, 사람 살려!"

말이 끝나기가 무섭게 그림자가 풀썩 주저앉았다. 뒤이어 넘어진 사람을 향해 사나운 개처럼 무언가 달려들었다. 산짐승들이었다. 성철은 세워두었던 지팡이를 들고 사내를 향해 뛰었다.

으르릉.

늑대였다. 늑대라니? 늑대는 이미 오래전 한국에서 멸종되었다고 했다. 절에 있을 때 나무하러 갔다가 여우나 늑대 비슷한 짐승을 본 적이 있다. 그때 대중들은 늑대가 아니라고 우겼다. 그런데 지금 성철을 노려보고 있는 짐승은 분명 여우가 아닌 늑대들이었다.

맨 앞에 있던 늑대가 넘어진 사내를 향해 달려들려다가 멈칫했다. 늑대의 눈에서 시퍼런 살기가 뿜어져 나왔다. 성철은 자신도 모르게 지팡이를 마구 휘둘렀다. 으르렁대던 늑대들이 슬슬 뒤로 물러섰다.

성철은 넘어진 사내를 살펴보았다. 민머리에 먹물색 법복을 입은 늙은이는 속가 사람은 아니었다.

"일어날 수 있습니꺼?"

성철이 늑대들을 향해 지팡이를 겨눈 채 물었다. 늙은이는 신음할 뿐 머리를 저었다.

"그럼 기어서라도 토굴 안으로 들어가이소."

늙은이는 토굴 안으로 기기 시작했고 성철도 슬슬 뒷걸음질을 쳤다. 기회를 노리고 있던 늑대들이 성철이 물러선 만큼 바싹 다가왔다.

토굴 속으로 들어서기가 무섭게 싸리문으로 입구를 막아 버렸다. 먹이를 놓친 늑대들이 주위를 서성거렸다. 달을 보고 우는 기분 나쁜 울음소리가 밤하늘에 울려 퍼졌다.

성철이 관솔에 불을 붙이자 토굴 안이 점차 밝아졌다. 늙은이의 얼굴을 자세히 살펴보니 얼굴과 목은 긁혀 있었고 법복이 찢어진 데다 피가 약간 비쳤다.

성철은 그의 상체를 안고 물을 조금 먹였다. 자세히 보니 어디선가 본 적이 있는 스님 같았다.

'어디서 보았더라? 누군가를 닮은 것 같은데….'

얼른 기억이 나지 않았다.

다리에 난 상처는 다행히 깊어 보이지 않았다. 산속을 헤매다 늑대 무리를 만난 모양이었다. 물로 피를 대충 닦아낸 다음 법복 자락을 찢어 상처를 싸맸다. 늙은이는 신음소리 낼 뿐 여전히 정신을 차리지 못했다.

토굴

1

"대단하구먼. 공부하는데 미안은 하지만…."

성철이 눈을 떴다. 그제야 자신이 그릇을 든 채 엉거주춤 선 자세로 선정에 들었다는 걸 생각해냈다.

"대단하네. 정말 대단해. 젊은 사람이 선 채로 선정에 들 수 있다니 참 희한하네. 우하하. 행주좌와行住坐臥, 어묵동정 語默動靜, 일심불란一心不亂이라더니. 앉고 서고 눕고 걷는 모든 것이 선禪이라는 말은 들어보았지만 선 채로 삼매에 든 모습을 보기는 처음이네. 이것은 단순한 좌선이나 명상이 아니네. 선정에 들었다 그 말이지. 그래 선정이라…."

죽은 것처럼 누워 있던 늙은이가 정신을 차리고 상체를 토굴 벽에 기댄 채 말했다.

"정신이 좀 드십니꺼?"

성철이 자세를 바로잡으며 물었다.

"나 살린 사람이 거긴가?"

"하마터면 큰일나실 뻔했습니더."

늙은이가 희미하게 웃었다.

성철은 물그릇을 내려놓고 늙은이의 얼굴을 뚫어져라 보았다. 도무지 기억이 나지 않았다.

"보아하니 젊은 사람 같은데 언제 토굴로 기어들었는가?"

"오래전입니더."

"본산이 어딘가?"

"해인사입니더."

"해인사라…."

늙은이가 중얼거리며 허허로운 눈빛으로 토굴 천장을 올려다보았다.

"좋은 곳이제."

늙은이는 그렇게만 말하고 자리에 누우려다가 다시 성철에게 물었다.

"뭐 좀 먹을 게 없나?"

"탁발을 가지 못해 칡뿌리밖에 없습니더. 그거라도 씹으

시겠다면…. 참, 칡으로 죽을 쑨 것이 조금 있습니더. 드시
겠습니꺼?"

"칡죽?"

"예."

"거 좋지. 한술 주게."

늙은이는 보기보다 넉살이 좋았다.

성철은 먹다 남긴 칡죽과 마을에서 얻어온 된장으로 담
아놓은 더덕장아찌를 내놓았다. 맛을 보던 늙은이가 환하
게 웃었다.

"거 묵을 만하네. 이 죽 우째 만들었나?"

"칡을 캐서 썰어 말렸다가 가루를 내어 끓였습니더. 그냥
씹는 것보다야 요기가 되지요."

"괜찮네."

어디선가 본 사람이 분명한데 여전히 기억이 나지 않았
다. 성철은 곧 눈을 반개하고 선정에 들었다.

2

"무욕無欲은 대욕大欲이란 말을 알랑가 모르겠네."

늙은이가 깨끗하게 죽그릇을 비운 뒤 말했다. 아무래도
범상치 않은 인물이었다.

"모순이군요."

잠시 생각에 잠겨 있던 성철이 무심코 대답했다.

"그대를 보니 철저하게 욕망의 포로가 되어 전전긍긍하는 것 같아서 하는 소리네."

넉살이 좋은 건 눈치챘지만 역시 보통이 아니었다.

"제가 그렇게 안쓰러워 보입니꺼?"

성철이 물었다.

그러자 늙은이가 비웃듯 말했다.

"힘들어 보여서 하는 말이네. 솔직히 나는 싸움은 딱 질색이야."

"싸움이라고 하셨습니까?"

"하기야 전쟁으로도 이길 수 없는 게 그것이지만."

늙은이는 이미 모든 일을 다 알고 있다는 듯 말했다. 슬슬 아니꼽다는 생각이 들었지만 성철은 내색하지 않았다.

"선禪은 싸움이 아니라는 말로 들리는군요."

"맞아. 전투가 아니지."

"그럼 뭐라고 생각하십니까?"

"글쎄, 뭐라고 할까. 맞다. 휴식이라고 해야 안 되겠나."

언제였더라. 도반 하나가 결제를 마치고 나오면서 성철을 부러운 눈으로 지켜보면서 그렇게 말한 적이 있다.

늙은이가 또 아는 체를 했다.

"그저 쉰다고 생각하면 어떨까. 부처가 되겠다는 대욕에 사로잡히다 보면 저승사자가 곁에 와 있을지도 모르니까 하는 말이다."

성철은 눈을 감았다.

'휴식이라….'

성철이 정신을 집중하려는데 그가 또 물었다.

"나이가 몇이고? 그렇게 많아 보이지는 않는데?"

"그렇습니더."

"선가의 기풍을 제대로 이은 것 같은데 왜 젊은 나이에 이러고 있는지 모르겠네."

"무슨 말씀이십니꺼?"

늙은이가 고개를 들어 성철을 바라보았다.

"내가 이래 봬도 사람 보는 눈은 있지. 척 보면 사이비인지 아닌지 알 수가 있으니까. 선가의 기풍이란 게 그렇지. 경전을 먼저 읽어 수행의 가닥을 잡은 다음 만행을 하질 않나? 한마디로 천하를 주름잡을 나이 아니냐는 말이지."

"그래서 여기 이렇게 살고 있지 않습니꺼?"

"하하, 그래서 이곳에 살고 있구먼. 하기야 만행은 만행이지. 그럼 이곳을 떠나면 어디로 갈 것인가?"

"어디든지요. 갈 수 있는 곳은 다 가볼 겁니더."

"영육의 깊이, 생의 깊이를 더하겠다 그 말인 거 같은데 맞나? 그런 후에는?"

"그때쯤이면 비로소 참선의 묘미를 알지 않겠습니꺼."

늙은이가 손으로 무릎을 탁 치다가 '으악' 소리를 질렀다. 하필이면 상처 난 곳을 때린 것이다. 고통이 사라지자 그가 다시 입을 열었다.

"흐흐흐, 그러고 보니 생각이 나네. 나도 그대만 한 나이에는 그렇게 살았지. 맞아. 만행을 한답시고 동굴 속에서 젠체하며 혼자 살아도 봤지. 진저리가 나면 산을 내려가 남의 집 부엌에 남은 찬밥을 훔쳐 먹고. 그러다가 치도곤을 맞기도 했지. 외양간에 들어가서 자다가 소도둑놈으로 몰린 적도 있어. 내 이래 봬도 티베트까지 갔다 왔어. 하늘호수 안 가봤지? 참, 만행 중이라고 했지? 나도 호시절에 많이 해봤다. 결국엔 요 모양 요 꼴이지만…."

"결국 실패하셨다는 말입니꺼?"

듣고 있던 성철이 말을 받았다.

"그러고 보니 지금까지 참선한다고 껍죽대기만 했지 뭐 하나 제대로 한 기 있어야지."

'그렇다면 지금 시작해도 늦지 않은 것 같은데요. 그만큼

연륜도 쌓였을 테고…'라는 말이 성철의 입에서 나오려다가 도로 목구멍으로 넘어갔다.

늙은이가 고개를 홰홰 저었다.

"애초에 뭔가 잘못된 기지. 선가의 가풍대로 경전을 읽긴 했는데 만행하다 보니 나도 모르게 그놈의 경을 써먹고 있더라고."

성철은 호기심에 두 눈을 반짝였다.

"토굴에서 살다가 하산을 했는데 누구 하나 반기는 놈이 있어야지. 천상 탁발해서 입에 풀칠할 판이었는데 그것도 잘 안되는 기라. 염불하고 목탁을 쳐야 중이 탁발 왔구나 하고 식은 보리밥이라도 줄 거 아닌가. 그러니 어쩔 것인가. 이틀을 굶었는데 밥 한 숟가락도 못 얻어먹었으니. 들어가는 곳마다 염불도 할 줄 모르는 돌중이라고 수군댔어. 그래도 선승인 내가 어떻게 염불을 하겠는가.

하루는 푸줏간에 들어갔는데 주인이 소의 생간을 안주 삼아 술을 먹고 있더군. 생간 한 점을 주면서 '옛소 스님, 이거라도 한 점 하고 가이소' 하는데 눈이 확 뒤집어지대. '에이, 소백정놈' 하고 나와버렸지. 그러고 한참을 걸어가는데 그놈의 생간 한 점이 자꾸만 눈에 밟혀 미치겠는 기라. 아이고 받아먹고 올걸. 그래도 체면이 있지 중이 그럴 수는 없다면서도….

흰 까마귀와 검은 까마귀가 내 마음속에서 치고받고 싸우는데 정말 환장하겠데. 결국 흰 까마귀가 지고 말았어. 나는 푸줏간으로 발길을 돌렸고 결국 주인과 술타령을 벌이고 말았지. 막걸리에다 생간에다…. 허허 참, 돌중 되기가 시간문제더라니까. 별것 아니더라 그 말이야. 십 년 공부가 생간 한 점에 도로아미타불이 되어버린 거지 뭐."

생각만 해도 어이가 없는지 늙은이는 한참을 웃었다. 참으로 쓸쓸한 웃음이었다. 그는 잠시 후에야 웃음을 거두고 말을 이었다.

"한번 깨져버린 계율은 엉망진창이 되었지. 그 후론 가리지 않고 먹고 닥치는 대로 살았으니까. 그러자 내 입에서 흘러나오는 경전 속 부처님 말씀들이 적재적소에 쓰이기 시작하는 거야."

성철은 슬며시 웃음이 나왔다.

"좋은 경험을 하셨네요."

"맞아. 그런데 아직도 요 모양 요 꼴이란 말이야. 그렇게 몇 해를 어영부영 보내다 십 년 후에 만신창이가 되어 스승을 찾아갔더니 세상 속에서 뭘 보았느냐고 묻는 거라. 제길, 뭐 본 게 있어야지. 세상살이 돌아가는 것만 보다가 왔다고 했더니 스승이 그냥 웃고 말데."

성철은 쓸쓸히 웃으며 눈을 감았다.

장대 같은 햇살이 싸리문을 비집고 들어와 토굴 속을 환히 밝혔다. 선정에 든 지 꽤 오랜 시간이 흐른 뒤였다. 성철은 눈을 뜨고 누워 있는 늙은이를 멀거니 쳐다보았다. 햇살이 그의 몸을 훔치고 있었다. 늙은이는 왠지 편안하게 보였다.

토굴 천장을 뚫어져라 올려다보던 늙은이가 성철의 눈빛을 의식하고는 이내 고개를 떨어뜨렸다. 그러고는 성철과 눈이 마주치자 웃음을 머금었다.

"이제야 참선이 끝났나 보네."

성철은 대답하려다 말고 햇살이 흘러드는 입구를 바라보았다.

"대단하군. 한번 참선에 들었다 하면 일어설 줄을 모르니. 방바닥에 엉덩이가 눌어붙었다는 절구통 수좌의 말은 들어봤는데…. 허허허, 제법이네."

"혹시 절 모르시겠습니꺼?"

성철이 물었다. 그가 무슨 소리냐는 듯 성철을 쳐다보았다.

"무슨 소리야? 날 안단 말인가?"

"어디선가 뵌 듯해서…."

"그래?"

두 사람은 조죽으로 간단히 아침 공양을 마쳤다. 성철은 늙은이의 상처를 살펴본 뒤 가부좌를 틀었다. 늙은이가 다시 물었다.

"본향이 어딘가?"

"산청입니더."

"산청이라."

"산청을 아십니꺼?"

늙은이가 잠시 숨을 몰아쉬더니 고개를 끄덕였다.

"산청은 아니지만 한때 상주에서 산 적이 있지."

"그렇습니꺼?"

3

성철은 섣부른 감정을 떨쳐버리고 선정 속으로 굽이쳐 들어갔다. 마음을 잡는 데 얼마 걸리지 않았다. 더없이 평온한가 싶더니 갑자기 토굴 밖에서 떠들썩한 소리가 들리더니 웬 사람들이 안으로 들어왔다.

"맞구먼. 여기다."

누군가 고함쳤다.

눈을 뜨고 돌아보니 스님들이었다. 대여섯 명이나 될까.

그들이 법복 자락을 휘날리며 다가와서 웅성거렸다.

"큰스님이시다!"

젊은 스님이 외쳤다.

"아이고 큰스님."

늙은이는 그제야 잠에서 깨어났는지 그들을 쳐다보다가 희끄무레하게 웃었다.

"찾지 마라카이 우째 이래사?"

대여섯 명의 스님들이 금세 늙은이를 에워쌌다.

"참말로 여기 계신지도 모르고…."

"큰스님, 정말 왜 이러십니까?"

"싫다. 날더러 종정을 하라니. 난 이대로가 좋다. 나는 그냥 만공이야."

성철은 정신이 하나도 없었다.

'종정? 만공?'

(2권에 계속)

소설 성철 1

2021년 6월 21일 초판 1쇄 발행

지은이 백금남
펴낸이 정법안 **경영고문** 박시형

책임편집 정법안 **디자인** 김지현
마케팅 이주형, 양근모, 권금숙, 양봉호, 임지윤, 신하은, 유미정
디지털콘텐츠 김명래 **경영지원** 김현우, 문경국
해외기획 우정민, 배혜림
펴낸곳 마음서재 **출판신고** 2006년 9월 25일 제406-2006-000210호
주소 서울시 마포구 월드컵북로 396 누리꿈스퀘어 비즈니스타워 18층
전화 02-6712-9800 **팩스** 02-6712-9810 **이메일** info@smpk.kr

ⓒ 백금남(저작권자와 맺은 특약에 따라 검인을 생략합니다)
ISBN 979-11-6534-367-5 (04810)
ISBN 979-11-6534-366-8 (세트)

쌤앤파커스(Sam&Parkers)는 독자 여러분의 책에 관한 아이디어와 원고 투고를 설레는 마음으로 기다리고 있습니다. 책으로 엮기를 원하는 아이디어가 있으신 분은 이메일 book@smpk.kr로 간단한 개요와 취지, 연락처 등을 보내주세요. 머뭇거리지 말고 문을 두드리세요. 길이 열립니다.